マックス=プランク

はしがき

トニ＝モリスンは、自身の作家としての野心を、「複雑な人々についての非常に簡素《シンプル》な物語を語ることだ」と吐露したことがある。

この発言には、モリスンの自分が属する民族とその文化に抱く理解とともに、白いアメリカへの彼女の批判と挑戦が感じとれる。過去四世紀の間に、西欧文明の視点からつくりだされたアメリカ黒人のイメージは、世界にこの人々がきわめて「単純《シンプル》な」精神構造の持ち主であり、彼らの文化もまた然《しか》りという偏見を抱かせることに、大きな力があった。読者はモリスンが語る「簡素な物語」が、白いアメリカの無知と傲慢がつくりだした黒人像を崩していくのを目撃するだろう。なぜならその「簡素さ」は、「言葉にしたこともなく、言葉にすることもできないような」過酷な歴史を生きた人々の思いを、幾重にもたたみこんでいるからだ。

『スーラ』の冒頭に、一人の白人が坂道を上って、丘の上の黒人の居住区に向かって歩いていく姿が描かれている。

彼は谷あいの白人の町に住んでいて、家賃の取り立てか何かの集金のために、日頃は近よろうともしないこの共同体に入っていくところなのだ。彼の耳には、ハーモニカの音色が聴こえてくる。やがて視界には、ハーモニカを吹いている男や、その音に合わせてリズムカルに踊る裸足の女、踊る女を囲んでさんざめく男女の姿が入ってくる。彼らは、皆どこかに、人生の失望や哀しみを隠して笑っている。

この場を通りすぎていく谷あいの住人は、この人々の笑い声だけを聴き取り、その中に隠された痛みには気づかない。「彼らの笑いは彼らの痛みの一部であるのに」と語り手は言う。なぜ、気づかないのか。笑い踊っている黒人の姿は、この白人がすでに持っている黒人のステレオタイプ的なイメージ、例えば「屈託のない陽気でシンプルな人種」を、証明するものでしかないのかもしれない。そして、そのイメージは、彼の目前にいる生きた人間の深奥に向かって、彼の想像力が働きだすのを妨げているのだ。

モリスンが自分の属する民族の内に認める複雑さは、W＝E＝B＝デュ＝ボイスが名著『黒人の魂』で指摘しているアフリカ系アメリカ人の「二重意識」と無関係ではない。この偉大な黒人思想家は、いわば眼に見えない巨大なベールが下がっているような、人種差別が厳然とあるアメリカで、ベールの内側で生を受けた黒人の、心理的な苦しみを分析している。黒人であり、同時にアメリカ人であるという二つの思いを、一つの体の中で葛藤させながら生き延びてきた人々を「複雑な人々」とモリスンが呼ぶとき、彼女はこの人々の内的世界に思いを届かせているのだ。

モリスンは、この人々が言葉の霊力・「ノモ」を信じ、シンプルな表現に深い思いを息づかせて唱《うた》い語る才能を持つことを誇りとしている。「複雑な人々のシンプルな物語」を語りたいというモリスンの願いは、彼女の先祖が支配者の英語から自分たちの言語「ブラック＝イングリッシュ」を創りだし使い始めた頃、一つひとつの言葉に宿っていたにちがいない「ノモ」を甦らせようとする芸術家の情熱から生まれている。

過去四半世紀のアメリカ文学は、多人種多文化のこの国の特質を、ようやくはっきりと表してきた。アメリカ先住民族、アジア系、アフリカ系など、公民権運動以前は、ほとんど見えない存在にされていた非ヨーロッパ系のアメリカ人作家による質の高い作品が、盛んに発表され読まれているのである。彼らが、自分たちの視点から描く様々なアメリカの姿は、私たちにアメリカを、白人が築いた白人文明の国として考えることを、もはや許さなくなっている。多人種多文化のパースペクティヴの中で見直されるアメリカは、異文化がぶつかり合い、少数派の価値観が白人文明の覇権のもとで、抵抗と折衷を繰り返してきた歴史を明らかにするからだ。

非ヨーロッパ系のアメリカ作家の中でも、トニ＝モリスンを筆頭にした黒人女性作家たちの活躍は近年めざましいものがある。彼女たちとの出会いは、私の視野を広げてくれたのみならず、私に生きるエネルギーを与え続けている。モリスンが私にくれた贈物、それはまず、アメリカの黒人が奴隷制の時代から創り伝えてきた民衆文化の、深い河のような豊かさと、極限の逆境の中で生き延びる魂の強靭さである。それはまた、共同体と個人の調和ある関係の上に立った、ライフスタイルへの示唆である。そして最後に、おそらく一番大きな贈物は、これまでに類を見なかった黒人女性像である。モリスンが描く何人かの黒人女性は、白人文明がつくりあげた「女性の理想像」の残滓《ざんし》から私たちを引き離し、私たちに新しい生き方、自己の限界を打ち破り、現状を変えることへの努力を忘れない生き方に向かわせてくれるだろう。

これらの贈物は、『スーラ』の冒頭に登場する白人が聴きそびれた痛みを、アフリカ系アメリカ人の笑い声の中に聴き取る能力を、私に与えてくれると信じたい。「黒人にとって笑いは、それ自体おかしなこととはまったく関係ないのです。瑣末《さまつ》だったり、暴力的だったり、宿命的に逃れられなかったり、ともかく他の誰も何の価値も見いだせないような事柄を受け止めて、その中から価値をつくってしまうこと、あるいは、絶体絶命の状況に心理的余裕を持って対することは、私たちが生き延びてかなりのていど正気を保つのを可能にしてくれましたよ」と、モリスンが説明する笑いの本質（そしてそれはこの人々が唱《うた》うブルースの本質でもあるのだが）に届く能力である。

モリスンの作品が、この民族の精神をどのように反映しているのか、作品の技巧や言語が、どんな民族芸術の伝統に養われているのかを理解しやすくするために、本書のI章とII章は、彼女の民族的・文化的背景を、彼女の何人かの「先祖」の姿を通して語ることにあてた。彼女たちは、モリスンが「文化の伝え手」、「時を越える存在」と定義した、民族の精神的祖母の面影を持つ女性たちである。またアリス＝ウォーカーがエッセイ「母たちの庭を探して」で語っている、創造力と表現意欲に溢れた母たちである。すなわち彼女たちは、ようやく自分たちの物語を語れるようになった現代黒人女性作家たちが誇る、共通の先祖である。「この世のラバ」と呼ばれ社会の最底辺で生きることを強いられながらも、その崇高な霊性と芸術的感性を失うことのなかった無数の黒人女性たちは、モリスン、ウォーカーをはじめ、多くの黒人女性作家に霊感を与え続けている。

なお本書のアメリカ黒人の呼称については筆者自身の文中で、「黒人」「アフロ‐アメリカン」「アフリカ系アメリカ人」を併用し、奴隷制下の黒人については「アフリカ人」とした。また、引用文中の「ニグロ」「ニガー」は作家の意図を汲んで、和訳せずそのまま用いた。前者は一九六〇年頃までは一般的に正式に使われていた黒人の呼称である。後者が消滅すべき蔑称であるのは、言うまでもない。

作品のタイトルについては、原題に従った。『一番青い眼』は『青い眼がほしい』、『タール‐ベイビー』は『誘惑者たちの島』として翻訳されている作品である。

目次

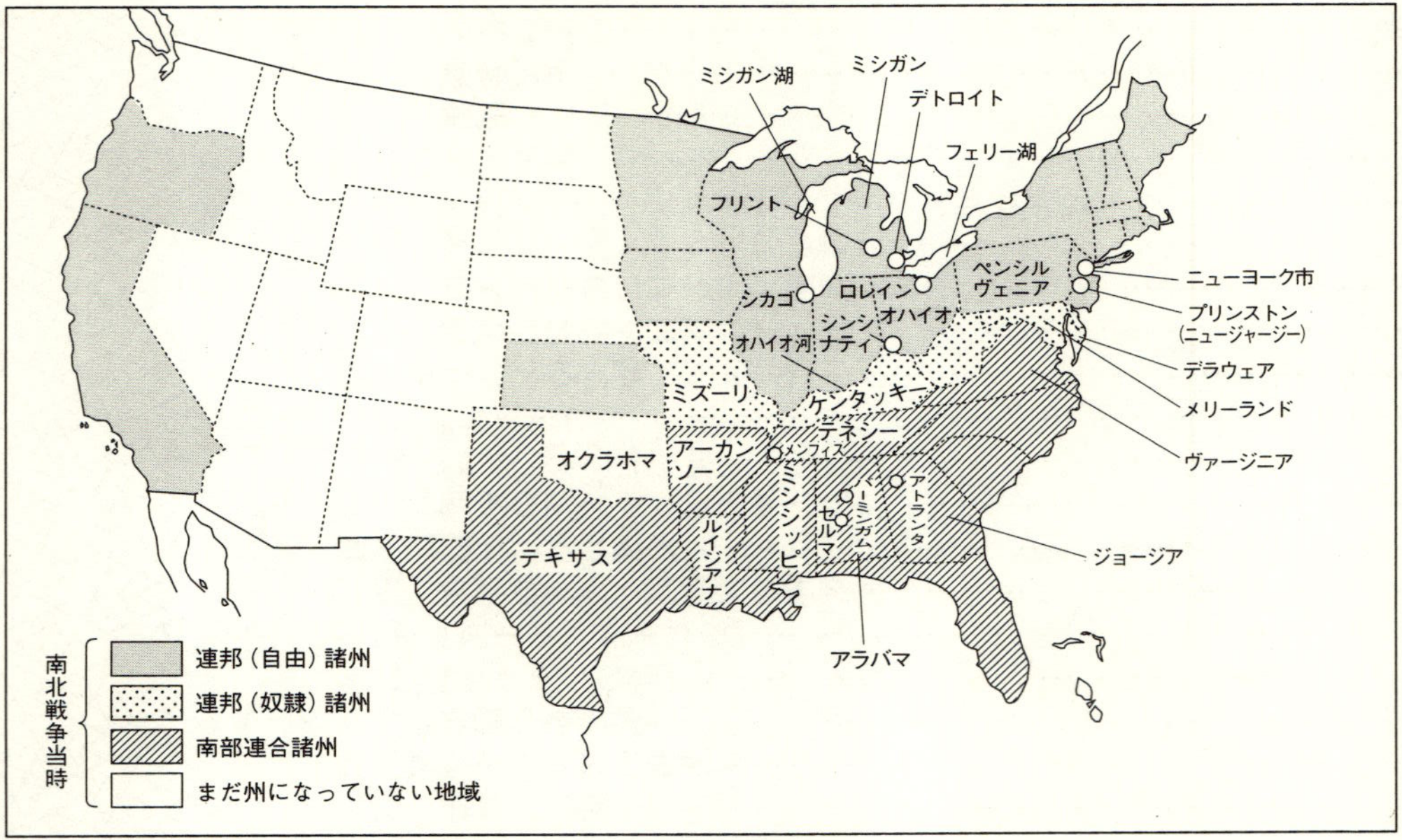
ミシガン湖
ミシガン
デトロイト
フェリー湖
フリント
ペンシルヴェニア
ニューヨーク市
ロレイン
シカゴ
オハイオ
プリンストン
(ニュージャージー)
シンシナティ
オハイオ河
デラウェア
ミズーリ
ケンタッキー
メリーランド
テネシー
アーカンソー
メンフィス
オクラホマ
ヴァージニア
ミシシッピ
バーミンガム
セルマ
アトランタ
ルイジアナ
テキサス
ジョージア
アラバマ
南北戦争当時
連邦（自由）諸州
連邦（奴隷）諸州
南部連合諸州
まだ州になっていない地域

トニ＝モリスン関連地図

I

先祖の戦いと文化の誕生

一　物語の力

民族の遺産を土壌として

一九九三年、トニ＝モリスンは、ノーベル文学賞を受賞する最初の黒人女性作家となった。スウェディッシュ－アカデミーは、「幻視の力と詩的豊饒さによって特徴づけられた小説のなかで、アメリカの現実の本質的な一面を表現している」と、彼女の功績を讃えた。

「アメリカの現実の本質的な一面」が、アフリカ系アメリカ市民の歴史と現在を指していることは、言うまでもない。モリスンがこれまでに発表した七編の小説は、二世紀半にわたった奴隷制とその後の一世紀半近くにもおよぶ人種差別を背景に、厳しい運命との戦いを続ける黒人群像を、ドラマティックに描きだしている。

「幻視の力」とは、黒人の現実を描く確かな写実力と隣り合わせに働く、モリスンの幻想的な創造性を指している。

例えば、あの世から戻った死者が生者とともに暮らすような、超自然の出来事が、日常の現実と何の不思議もなく共存する世界を実現する力である。この想像力は民族特有のものでもあって、アメリカ黒人が、アフリカの先祖から相続した宇宙観から生まれている。

指摘されたもう一つの特徴「詩的豊饒さ」もまた、彼女の民族の遺産によって育てられたものである。

アフリカから拉致《らち》されて母語を失った先祖が、支配者の英語から創った第二の母語ブラック－イングリッシュは、モリスンにとって掛け替えのない宝である。彼女はそれを「私の言語」と呼び、白人の英語との違いを強調し、黒人の経験や心情には「私の言語」[*1]を使わなければ、表現不可能なものがあることを指摘し、黒人作家としての彼女の使命は、唱《うた》い語るという口承文化の伝統の中で先祖が磨き上げた簡素で豊かな言語の力を、小説の中に蘇生させることだと信じている。印刷された文字から人間の生の声を響かせるのが、モリスンの理想である。

グリオの力

モリスンにとって、物語を語り聴く行為は、昔も今も変わらない、知恵の伝授と相続の最も重要な方法である。彼女は、小説家は無文字文化のアフリカ社会における物語の語り手・知恵の伝授者グリオの存在に代わるものとして、その役割を受け継いでいると考えている。

ノーベル賞受賞記念講演の中で語られる、老いて盲《めし》いた一人のグリオの姿は、言語、物語、そして人間のあり方に対するモリスンの作家としての信条を寓話的に表現している。

そのグリオは奴隷の娘だった。知恵者だという噂を信用できない若者たちが外の世界からやってきて、彼女の無知無能を暴こうとする。若者たちは、自分たちの一人が手中に持っている小鳥の生死を、本当にお前が噂どおりの賢者だったら当ててみよと挑むのだが、グリオはこの不遜な謎かけを、小鳥の生死を握っている彼らの責任の認識へと変えるのだ。小鳥は言語の、それを摑んでいる手（本当は摑んでいるふりをしていただけなのだが）は権力の謂《いい》である。最初はこの年老いた黒人女性に敵意と嘲笑を示していた若者たちは、彼女の沈黙の威厳に出会って、自分たちの無知無力を告白する。やってきた真の動機は、彼女に語りかけてもらいたいためだった。生の意味、死の意味を訊《たず》ねたいためだった。

ついに彼らは、僕たちにあなたの物語をしてくれと懇願する。それればかりか、グリオが語り出すのを待ちきれずに、自らの想像力を働かし始める。彼女の口から洩れてくるはずの物語、奴隷だった黒人たちの物語を、彼女に代わって語り始めさえするのだ。そのときグリオは、ようやく心を開き、本当は手中になかった小鳥を若者たちは今捕らえたのだという。「何と美しいんでしょう。これはわたしたちが一緒にしとげたことなのです」[*2]

この寓話には、アフリカ系アメリカ人の経験と知恵、そして、それに無関心あるいは冷笑的なアメリカ白人の姿勢が見える。若者たちの変化と、グリオと彼らがともに捕らえる美しい小鳥は、アメリカという国と物語という言葉の芸術に、モリスンが託す夢である。若者たちが嘲笑的な見物人であることをやめ、想像力によって、黒人という自分たちにとっての他者に「なろう」とするとき、この夢は現実に近づく。

アメリカ黒人女性史には、このグリオの風格を持ち、その役割を果たした多くの女性が名をとどめているが、モリスンの作品は、そのような女性の存在を抜きにしては語れない。

その何人かの生き方を紹介しよう。

二　ソジョナー＝トルース（一七九七－一八八三）

ニューヨーク州で奴隷として生まれたトルースは、一八二七年、州の条例によって奴隷制が撤廃されることになっていた直前に逃亡して自由を得た。

逃亡奴隷から説教師へ

神秘的な回心を経た後、燃えるようなキリスト教の信仰に支えられて、アメリカ各地を歩き、奴隷制の廃止を、後には黒人の、そして女性の、人間として白人男性と同等に持つべき権利を説き続け、自らを「説教師《プリーチャー》」と呼んだ。六フィートに届く堂々たる体軀と簡潔で独創的な語り口、当意即妙のユーモアのセンス、そして表情豊かな野太い声は、出会った人々に強烈な印象を与えずにはおかなかったが、彼女を「狂気の女」「詐欺師」と侮る者も多かった。トルースはある日、モリスンの寓話に登場するグリオを連想させる経験をしている。

暴徒に囲まれて、トルースは高らかに讃美歌を唱《うた》いだしたのだ。そして彼らをたしなめる彼女の穏やかな態度に男たちは、「あなたが唱《うた》うのを聴きにきたんだ」と、思わず応えてしまう。彼らは交互に「唱《うた》ってくれ、おばさん」「話しかけてくれ、おばさん」「頼むよ、おばさん、ぼくらにあんたの経験を語ってくれ」[*3]と懇願したという。彼女の歌に聴き惚れて、彼女の言葉に聴き入って、彼らは静かに立ち去った。奴隷としての経験と強い信仰のみを知恵と力の源としたトルースは、階

ソジョナー＝トルース

級・性・身分・人種を越えて、いかなる白人をも臆することなく「子供たち」と呼んで、神の子としてのすべての人間の平等を説き続けた。

　トルースの生涯を知る手がかりは、「ソジョナー＝トルースの物語」と「命の本」という小冊子である。前者は、トルース自身が語ったイザベラ＝ボウムフリーという名の奴隷だった半生の経験と、旅から旅を回って、真理を説く人を意味するソジョナー＝トルースと改名して新しい人生を選ぶまでの経過を、オリーヴ＝ギルバァードという白人女性が聴き書きし、ギルバァード自身のコメントを加えたものである。トルースはこの小冊子を、自らの写真とともに売って生活の方途とした。「命の本」は、トルースの活動を報じた新聞や雑誌の記事、彼女を後援する人々の書簡などを、スクラップ－ブック風にまとめて、トルース自身が「命の本」と呼んで持ち歩いていたものである。

　この本の中には、アフリカの高貴な女性を思わせるトルースのイメージを後世に遺した、ハリエット＝ビーチャー＝ストウ夫人のエッセイ「ソジョナー＝トルース―リビアの巫女《みこ》」や、一八五一年にオハイオ州アクロンで開かれた女性権利会議の雰囲気を一変させたトルースの飛び入り演説の模様を報告する、会議の議長だったフランシス＝G＝ゲイジ夫人の手記も含まれている。「わたしは女じゃないのかね」というタイトルで今日に遺る名スピーチは、そのときのものである。

ウィリアム＝ウェットモア＝ストーリー作「リビアの巫女」(1861)／ストーリーはストウ夫人から聴いたトルースの話に霊感を得てこの像を制作。

独立独歩の戦士

トルースの思想と行動は、一世紀後に公民権運動を戦った人々の思想や行動を先取りしている。しかも、群れを頼まない独立独歩が彼女の行動の基本だった。

自らの判断で決行した逃亡。所有者がニューヨークの法律に背いて南部に売った彼女の息子を、法に訴えて取り戻したときのねばり強い根気。解放された奴隷に西部の土地を与え、彼らの自立の途《みち》を助ける当然の義務の遂行を、政府に要求し続けた忍耐と精神力。首都ワシントンの路面電車の車内がついに「霜降り状」になるまで、あきらめずに繰り返した黒人乗車拒否とのユーモラスな戦いの姿勢（彼女は、一九五五年にアラバマ州モンゴメリーのバスボイコット運動の発端をつくったローザ＝パークス夫人の先輩でもある）。

トルースの行動は、十九世紀の白人女性を支配していた「淑《しと》やかな女性像」とはおよそ縁遠い女性の姿を浮かびあがらせ、自らの生きた途《みち》を披瀝し、それでも「わたしは女じゃないのかね」と問い質すトルースは、黒人の歴史から生まれたもう一つの「女性像」があることを、人々に認識させる。

それでもわたしは女

ゲイジ夫人の記録によれば、女性権利会議の二日目の空気は不穏だった。何人かの牧師が聴衆の中から立ち上がり、女性の肉体的弱さや、知能あるいは道徳上の劣性を、習慣や聖書を根拠に列挙して、男性と同等の権利を「声高に」「公《おおやけ》」に主張する女性の「間違い」を指摘したからだ。野次馬や保守主義者たちは勢いづき、壇上にいならぶ白人のフェミニストたちは沈黙と狼狽に追いつめられた。そのときやおら「アマゾンの体軀」を起こしたのが、前日から会場にきていたトルースだった。

彼女は発言した男性を一人ひとり指さしては、彼らが述べた女性の定義を繰り返し、それが自分には該当しないが、それでも「わたしは女じゃないのかね」とたたみかけていく。何事にも男性の介添えを必要とする女性の弱さを指摘した発言には、自分は馬車に乗るのにも水溜まりを渡るにも、男の手を借りたことはないと反駁《はんばく》し、右腕をめくって筋肉を見せながら、男と並んで農作業した経験を語り、「わたしは女じゃないのかね」と問い質す。男と同様に鞭打たれ、子を産み、その子が売られていくのを見て母の嘆きを叫んだのに、「わたしは女じゃないのかね」と重ねて問い質す。女性の知性の不足を言い立てた男性には、「それが女の権利や黒人の権利とどう関係するのかね」と反論し、神の意図を盾にとる男性には、「キリストは神と女との子で、男はかかわっていないんだよ」と応酬する。そしてアダムを堕落させたイブの罪深さを云々する男性には、一人の女に世界を転覆させることが可能なら、女たちが力を合わせれば、世界を正常に戻すことができるじゃないかと提案し、拍手の嵐を浴びたという。[*4]

トルースの雄弁と黒人英語の伝統

トルースの雄弁は、黒人英語《ブラック-イングリッシュ》の創造と伝承に大きな役割を果たした黒人教会における説教の伝統を響かせている。この説教の伝統は、説教とともに唱《うた》われた黒人の宗教歌（讃美歌、黒人霊歌《ニグロ-スピリッチュアル》、ゴスペル）と切り離して考えることはできない。トルースの説教にも讃美歌はつきものだった。彼女は自ら歌づくりもした。「歌なくして霊は降りてこない」というアフリカの諺《ことわざ》は、アメリカの黒人のものでもあるようだ。

ストウ夫人は先述した「リビアの巫女」の中で、トルースによって唱われる讃美歌は、「彼女の感情の溶鉱炉で溶かされて、彼女自身がつくった歌として再結晶して出てくるようだった」と述べ、また、トルースの語る神の話から、「聖書のイメジャリーが持つ熱帯地方の熱情や豊饒さを、自分たちが生来持っているものとして把握しているように見えるアフリカ人」[*5]の感性が、旧約聖書の賢者や予言者の言葉を、白人よりも直感的に生き生きととらえていることを感じている。

ストウ夫人が観察したトルースの感性と表現力は、アメリカ黒人に共通する特質である。彼らは、聖書の世界と自分たちの日常生活が、渾然と一体になって生まれたイメージやメタファーに富んだブラック-イングリッシュを創った民族である。彼らはこの言語を用いてスピリッチュアルやブルースを唱《うた》い、物語を語った。

黒人教会の役割

奴隷として生きなければならなかったアフリカ人は、民族特有の神秘的な宇宙観を通してキリスト教を受容し、自分たち独自の宗教とした。信仰の中で強化された霊性は、彼らに生きる力を与えただけでなく、自由への目ざめや文化の誕生をうながしたが、この精神風土を育てたのが黒人教会である。

説教師の説教と会衆の応答、讃美歌のソロとコーラスのコールとレスポンス、共通の境遇と苦しみを背負った集団の、共通の自由と魂の解放への希求そしてカタルシス。連帯意識を強固にする場としての教会は、しばしば、逃亡や反乱の計画の場となり、熱烈な信仰者である説教師は、ときにはその首謀者でさえあった。[*6]

また教会は一種の劇場であり、会衆は全員ドラマの参加者であった。ここで語られた説教の文体や、ここで唱《うた》われた讃美歌のリズムを無視しては今世紀の黒人文学と黒人音楽は語れない。黒人教会の礼拝シーンは、多くの作家の創作意欲をかき立ててきたが、[*7]なかでも、モリスンの『ビラヴィド』における森の中での集会は、黒人の精神の内奥を映して出色の名場面である。人間の尊厳を奪われて生きてきた会衆に「汝自身を愛せ」と説いて、自己の再生をうながす女説教師べビー＝サッグス＝ホリーは、ソジョナー＝トルースと同時代を生きた元奴隷である。

言葉の力「ノモ」

トルースは十一歳で家族から引き離されたが、母親ベッツイはこの日を予測して、困難に出会ったときには天の神に向かって必ず祈るようにと教え続けた。トルースは、神の耳に間違いなく届くようにと声を上げて祈った、いや祈るというより「話しかけ」そして「要求した」という。

トルースのこの習慣も、黒人礼拝における会衆の声の限りに神に唱《うた》いかける形も、「声に出して話される言葉」が持つ絶対的な力を信じるアフリカ文化の伝統を、アメリカ黒人が受け継いできたことを示唆する。その力は「ノモ」と呼ばれる。「ノモ」は生命そのものであり、アフリカ文化研究者ヤンハインツ＝ヤンの定義によれば、「万物に命を吹き込み、万物を引き起こすもの」[*8]であって、人間は、話される言葉の力「ノモ」を通して生命力を受け取り、その力を他の生物と分かち合い、生の意味をまっとうすると考えている。この思想を持つアフリカ人にとって、例えば種の着床の際、言葉が伴わなければ妊娠は起こらず、生まれた赤ん坊は、名前が与えられなければ完全な人にはなれない。[*9]

ブラック－イングリッシュは、「ノモ」を強く意識する民族によって育てられた。モリスンは、アメリカの黒人が昔喋っていた言語に「元来具《そな》わっていた力」[*10]を取り戻すことが、自分の望みだと語っている。

三　ハリエット＝タブマン（一八二〇－一九一三）

黒人のモーゼとスピリッチュアル

読み書きを禁じられていた黒人の奴隷制への批判と抵抗と自由への渇望。これを知るための最良のテクストは、この民族の共通の経験と哀しみ、そして希望から生まれたニグロ－スピリッチュアルである。イスラエルの民をファラオの軛《くびき》から解放する予言者モーゼを唱《うた》った「ゴーダウン、モーゼス」は、最も親しまれたスピリッチュアルの一つである。モーゼに導かれてエジプトを脱出し約束の土地に向かう古代のイスラエル人が、南部を逃れて北部を目ざすアメリカのアフリカ人自身の姿と重なったからだ。

「黒人のモーゼ」と呼ばれたハリエット＝タブマンは、逃亡奴隷を北部そしてカナダまで導く「地下鉄道」の「車掌」だったが、彼女は、このスピリッチュアルを合図や暗号として用いた。逃亡決行のときを密かに待機している人々に、その日がきたことを報せ、また唱《うた》い方によっては、危険や安全を伝える合図になった。

彼女は一八四〇年代の後半、単独で逃亡に成功した後、一八六〇年までに十九回もひそかに南部に戻り、三百人あまりの奴隷を無事に「約束の地」に導くという奇跡を果たしている。トルースと同様に祈り唱《うた》うことは、タブマンの果敢な行動の原動力であったが、また、奴隷たちにだけ理解可能な逃亡のためのコミュニケーションの手段としても不可欠だった。

彼女の歌声が流れてくるのを待つ人々は、希望の到来を待つ人々であり、歌に隠された意味に通じることは、共通の運命を自覚する仲間意識の確認でもあった。タブマンがほかによく唱《うた》ったのは「古い馬車《オールドーチャリオット》」「浅瀬を渡れ」「イエスのもとにそっと行け」などであった。

例えば、「古い馬車がやって来たら／わたしはあなたを置いて出ていく／わたしは約束の地に向かうのだ」という詩句で始まる「古い馬車」は、死出の旅立ちと別れの挨拶であると同時に、北部への出発の隠喩でもある。ハリエットと韻《いん》を踏む「オールドーチャリオット」は、彼女の別称でもあった。彼女が「浅瀬を渡れ」と唱《うた》うときは、猟犬が追っているから水中を歩いて臭跡を消せと警告するためだった。

キリスト教の寓意的表現を自家薬籠《やくろう》中のものとし、生活の中から生まれた隠喩を用いるスピリッチュアルは、天国への憧憬とともに現世での自由への希求という二重の意味を響かせ、精神と肉体両面の救済にかかわる表現手段として、唱《うた》われていたのである。

地下鉄道の車掌として

ハリエットはメアリーランド州の奴隷だった。幸い家族とともに二十代まで暮らすことができたが、ある日、自分たちが売られていくことを知り、逃亡を決意する。夫は同行を断り、兄弟は途中までついてくるが、捕まったときの体罰の恐ろしさに夜明け前に引き返した。北極星を道しるべに歩き続け、ペンシルヴァニアの土地に入ったの

ハリエット＝タブマン

は、彼女だけだった。

「地下鉄道」の組織の支援はあったが、南部に潜入して同胞を助け出すために必要な経費は、黒人の女にしか残されていない過酷な労働で、タブマンがすべて稼ぎだした。逃亡者の引率に際しては、女には男装させ、赤ん坊には阿片チンキを飲ませて眠らせ、脱落の気配を見せる者はピストルで脅した。疑惑をそらすためには、魔術師そこのけの変身も名優顔負けの演技もし、追っ手の裏をかくためには南に向かって進むという大胆な機転も働かせた。そのためタブマンは、南部の地理に知悉《ちしつ》した。南北戦争中は、南カロライナで北軍の斥候や道案内を務めたほどである。

「この汽車は栄光に向かって走っている」とスピリッチュアルは唱《うた》っているが、「黒人のモーセ」の汽車は、逃亡奴隷を乗せて、まさに自由という栄光に向かって走り続けた。四万ドルの賞金のかかった自分の似顔絵が描かれたビラを至るところに見ながら、いつ起こるかわからない癲癇《てんかん》症の発作（少女の頃に奴隷監督から頭に鉄塊をぶつけられた）を抱えて、十九回も南部に潜入したが、自分の汽車を一度も脱線させたこともなく、一人の乗客も失ったことがないのが、「何の気取りも持たず、最も平凡な人間の見本」[*11]のような風貌を持った、この小柄な黒人女性の誇りだった。

モリスンは『ソロモンの歌』でパイロットという卓越した黒人女性を創造しているが、その波瀾に満ちた人生を、同胞を愛することでまっとうした女性は、幾つかの点でタブマンの面影をほうふつとさせる特徴を具《そな》えている。例えば、彼女はタブマンのようによく唱《うた》い、巧みに聖書を引用することができ、また驚くべき演技力を持っている。白人の警察官から甥を助け出すために、顔つきから背丈までも変えて、哀れで無力な女を装おう。地理の本を愛し、若いころは合衆国中を歩きまわって、自らの足と眼で、国のありようを経験している。

幻視の力と実際的な知恵

トルースとタブマンに共通するのは、現実の困難を切り開いていく洞察力と抜け目なく実際的な知恵が、超現実的で霊的な経験を可能にする感性と共存していることだ。そしてこの特徴を、やがて私たちはモリスンの作品のパイロットのような登場人物に発見することになる。トルースは、光の中で神とキリストに出会った体験を繰り返し語っているし、タブマンは自分の見た幻や夢を、旧約聖書の予言者のように語ったという。二人の信仰は死を超越しているように見える。トルースにとって死は、「隣の部屋に入っていくようなもの」であり、タブマンにとっては「一度しか訪れないもの」であって、恐れる必要はなかった。

四　ハリエット＝ジェイコブス（一八一三－九七）

黒人女性にとっての奴隷制の苦しみ　自由を得る途《みち》は限られていた。所有者の意志、自力で自身や家族を買い取る、北部のように州が制度を廃止する、反乱あるいは逃亡。奴隷制に反対する人々の組織化された援助もあって、ますます頻繁になる逃亡の対策として制定された逃亡奴隷法（一八五〇）は、かえって制度への怒りと自由への渇望を激しくするものであった。女性の逃亡は男性の逃亡に比べると一層困難だった。家族や子供を抜きにした、一人だけの自由の享受はあり得なかった。

トルースは幼い息子を連れて逃亡し、タブマンには子供がいなかったが、兄弟や老いた両親を救出するために何度も故郷に戻っている。

「奴隷制は、男にとっても辛いものですが、女にとっては、それより遥かに辛いものです[*12]」と語っているのはジェイコブスである。彼女の自伝『本人自身によって書かれた奴隷女の人生の出来事』（一八六一）は、女性の手によって書かれた数少ない「奴隷の自伝《スレイヴ・ナラティヴ》」の一つであり、歴史的にも文学的にも重要な価値を持つが、ここには女性の奴隷が直面する二つの脅威の実態のつぶさな記録がある。二つの脅威とは、白人の性的暴力と子供との別離である。

『本人自身によって書かれた奴隷女の人生の出来事』は、ジェイコブスが自己の尊厳と子供の自由を手にするために、知恵と忍耐の限りを尽くして、所有者と二十年近い年月を戦った体験の記録である。

所有者に、恋人と結婚[*13]することを禁じられ、彼の情婦になることを強要された十代の奴隷の少女は、所有者にレイプされる屈辱よりも、自らの意志で別の白人男性を選んで彼の子を産むことにより、人間としての誇りを守る途《みち》を思いつき実行する。一人の子供を産んだ後、祖母の家の屋根裏の棺桶のような空間に七年間も潜んだのは、なおも執拗な所有者の眼を逃れ、彼らの父親に二人の子供を所有者から買い取らせ、解放させるための戦術の一端であった。

体験を語る勇気

ジェイコブスは北部に逃れた後も追われ続け、法的に自由を得たのはこの土地を踏んだ十年後の一八五二年である。彼女に自身の体験（特に婚外交渉で子を産んだという事実を自らの口から語るということは、当時の道徳観からすれば、法外な破廉恥行為だという誹《そし》りは、まぬがれようもなかった）の執筆と出版を決意させたのは、奴隷制のもとで生きる黒人女性の実態を、広く北部の白人女性に知らせなければならないという使命感だった。しかし手記の中では主人公の名をリンダ＝ブレントとし、そして他のすべての登場人物の名も仮名にし、著者の名をつけずに出版した。彼女はこれを、メイドの務めと奴隷制反対運動の仕事の合間に書き続けた。白人の運動家L＝マリア＝チャイルドの保証書のような序文がつき、さらにタイトルに「本人自身

ハリエット＝ジェイコブス

によって書かれた」と但し書きがついているのは、黒人の読み書きの能力を、わざわざ言明しなければ信用されなかった十九世紀の「奴隷の自伝」の慣習である。[*14]

ジェイコブスと同様の体験をした黒人女性奴隷は無数にいたが、その体験を綴るのは彼女が最初であったから、彼女がそれを白人の読者に向かってどんな形式で、どんな表現を用いて書くべきかに苦渋したことは容易に推察できる。

しかもその体験は、読者として想定される、うわべだけの公序良俗の砦に囲まれていた中流階級の淑女たちには信じられないような、奴隷制度が生んだ最も醜悪な状況を含んでいたので、率直簡明な事実の叙述に終始することは不可能だった。

黒人作家が白人読者に向かって書物を書く際のつい最近までのジレンマは、読者の理解を得やすくするために、白人の著述の形式と文体を使わなければならなかったことだが、ジェイコブスは、当時流行していた感傷小説の形式とテクニックを用いた。つまり、リンダ＝ブレントの自由の獲得のための戦いを、操《みさお》正しくあろうとするヒロインの受難と勝利の物語風に書き上げたのだ。読者の衝撃や反感がマイナスに働くのをおもんばかり、あらわな事実の詳細な記述を除くこともあり、全体に抑制の

THE UNION.
JACINTO, MISS.
FRIDAY, MARCH, 28, 1851.

$20 REWARD.
RANAWAY from the plantation of Henry Riddle, four miles west of Danville, Tishomingo co. Miss., on the 2nd Saturday of December last, a negro girl named JANE, about 22 years old, yellow complexion, weighs about 115 pounds, and has a down look when spoken to.
The above reward will be paid by J. M. Kimmins, to any person delivering said girl to him at his residence 4 miles west of Danville, Miss., or who will secure her in jail so that he can get her.
J. M. KIMMINS.
March 10th, 1851.

賞金つきで逃亡奴隷を捜す広告

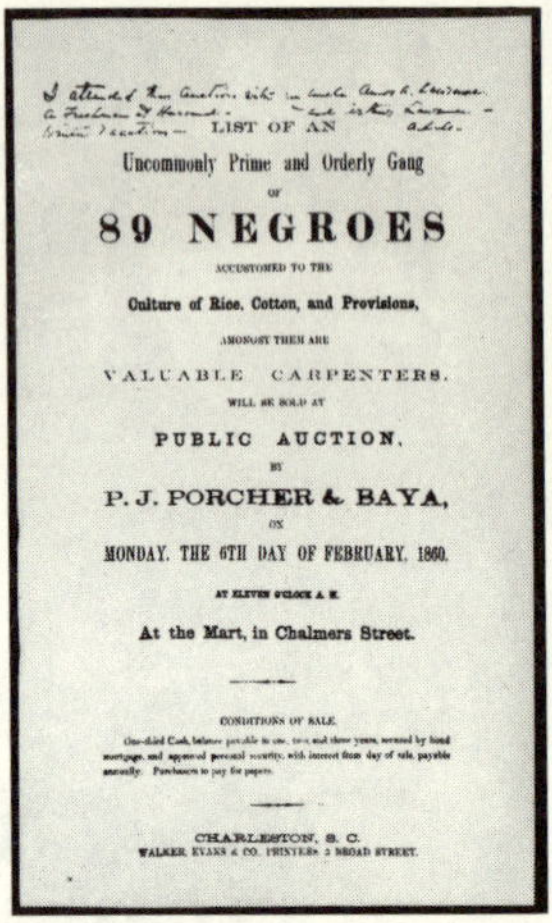
LIST OF AN
Uncommonly Prime and Orderly Gang
OF
89 NEGROES
ACCUSTOMED TO THE
Culture of Rice, Cotton, and Provisions,
AMONGST THEM ARE
VALUABLE CARPENTERS.
WILL BE SOLD AT
PUBLIC AUCTION,
BY
P. J. PORCHER & BAYA,
ON
MONDAY, THE 6TH DAY OF FEBRUARY, 1860.
AT ELEVEN O'CLOCK A. M.
At the Mart, in Chalmers Street.

CONDITIONS OF SALE.
One-third Cash, balance payable in one, two, and three years, secured by bond mortgage, and approved personal security, with interest from day of sale, payable annually. Purchasers to pay for papers.

CHARLESTON, S. C.
WALKER, EVANS & CO. PRINTERS 3 BROAD STREET.

奴隷のオークションの広告

工夫が行きわたっている。

しかし、この内容と形式の齟齬《そご》は、かえって著者の強靭な精神の息づかいにも聴こえる。随所から伝わってくるのは、著者の人間としての抑えがたい誇りと主体性の主張である。

この二つが、彼女を当時白人女性を律していた性道徳に逆らうことを選択させ、彼女に自らの体験を公表し、逆に社会の矛盾を、黒人女性の性を蹂躙《じゅうりん》する一方で、彼女をその汚された性ゆえに蔑視する偽善を弾劾する勇気を与えたのである。

五　マーガレット＝ガーナー

逃亡の果てに

一八五六年冬、ケンタッキーから凍結したオハイオ河を橇《そり》を使って渡り、オハイオ州シンシナティに逃れてきた十七名の奴隷の中にいたのが、マーガレット＝ガーナーとその家族（夫、夫の両親、四人の幼い子供）だった。渡河の後仲間と別れた一家は、すでに自由を得ている黒人の家に隠れ「地下鉄道」の助けを待ったが、助けがくる前に捕獲人の一団に包囲された。一家は、戦って死を迎える決意で激しく抵抗した。追手がついに家に足を踏み入れたとき、マーガレットは、幼い二人の息子（五歳と三歳）にシャベルを振り上げ、次に肉切り包丁を娘（三歳）の喉にあてた。死んだのは娘だけだった。九ヶ月の赤ん坊はほとんど無傷だった。

「地下鉄道」の歴史の中で最も悲惨な事件として記憶されているこの出来事は、生き残った家族の帰属と処置をめぐって、オハイオの州法と連邦政府の法（逃亡奴隷法）のいずれを適用するかの法廷闘争もあったことから、世間の注目を集め、心ある人々の眼を、奴隷制の非人間的な残酷さに改めて向けさせた。

愛の行為としての子供殺し

人々にとって衝撃的だったのは、マーガレットは錯乱してわが子を殺したのではなく、奴隷の境遇に連れ戻されて、自分と同じ苦しみを受けることから救うためだった、という事実である。四人の子供全員を殺せなかったことを悔やんでさえいる母性愛である。婦人参政権の運動家ルーシィ＝ストーンは、たまたまシンシナティにいて裁判を傍聴したのだが、「ニグロの子供たちの色の冷めた顔は、明らかに女性の奴隷たちが、どんな非人間的な扱いを受けているのかを否定の余地なく露わに語っている。自分の娘にそんな人生を与えるよりはと、彼女は娘を殺したのだ」と理解し、深い母性愛から出た「子供を神のもとに送り返す[*15]」という行為を誰が責めることができようかと述べている。

　また、留置場にマーガレットを訪れたある牧師は、同じ監房に収容されていた彼女の姑が、自分は嫁が子供を殺すのを見ていたが、彼女の立場にいたら自分も同じことをしていただろうと考えて、「嫁の行為を励ますことも、止めることもしなかった」と言うのを聴いている。子供を殺すことが母の愛を示す唯一の途《みち》となったこの奴隷制の悲劇は、多くの人々に、事件の四年前に出版されたストウ夫人の『アンクル＝トムの小屋』のチャイスを思い出させたに違いない。彼女もまた激しい母性愛からわが子を殺した女性奴隷である。

　マーガレットと会見した牧師の記事は、一世紀以上も後に、ランダムハウスのシニアエディターだったモリスンによって出版された、アメリカ黒人史を語るスクラップ＝ブックとでも言うべき『ザ＝ブラック＝ブック[*16]』に転載される。モリスンの最高傑作『ビラヴィド』は、この事件から想を得ることになるが、彼女の作家としての想像力は、当時の新聞記事が語らなかったこと、事件のほとぼりから覚めた「自由な」人々がおそらく想像する労さえとらなかったこと、すなわち、子を殺した後も生き続けなければならなかった母親の内なる世界に向けられる。

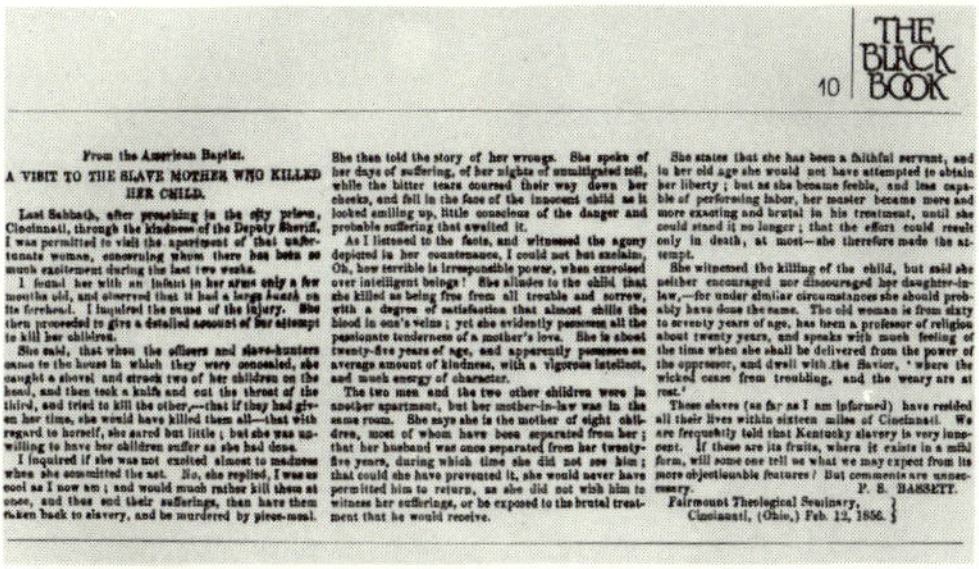

10 THE BLACK BOOK

From the American Baptist.

A VISIT TO THE SLAVE MOTHER WHO KILLED HER CHILD.

Last Sabbath, after preaching in the city prison, Cincinnati, through the kindness of the Deputy Sheriff, I was permitted to visit the apartment of that unfortunate woman, concerning whom there has been so much excitement during the last two weeks.

I found her with an infant in her arms only a few months old, and observed that it had a large bunch on its forehead. I inquired the cause of the injury. She then proceeded to give a detailed account of her attempt to kill her children.

She said, that when the officers and slave-hunters came to the house in which they were concealed, she caught a shovel and struck two of her children on the head, and then took a knife and cut the throat of the third, and tried to kill the other,—that if they had given her time, she would have killed them all—that with regard to herself, she cared but little; but she was unwilling to have her children suffer as she had done.

I inquired if she was not excited almost to madness when she committed the act. No, she replied, I was as cool as I now am; and would much rather kill them at once, and thus end their sufferings, than have them taken back to slavery, and be murdered by piece-meal.

She then told the story of her wrongs. She spoke of her days of suffering, of her nights of unmitigated toil, while the bitter tears coursed their way down her cheeks, and fell in the face of the innocent child as it looked smiling up, little conscious of the danger and probable suffering that awaited it.

As I listened to the facts, and witnessed the agony depicted in her countenance, I could not but exclaim, Oh, how terrible is irresponsible power, when exercised over intelligent beings! She alludes to the child that she killed as being free from all trouble and sorrow, with a degree of satisfaction that almost chills the blood in one's veins; yet she evidently possesses all the passionate tenderness of a mother's love. She is about twenty-five years of age, and apparently possesses an average amount of kindness, with a vigorous intellect, and much energy of character.

The two men and the two other children were in another apartment, but her mother-in-law was in the same room. She says she is the mother of eight children, most of whom have been separated from her; that her husband was once separated from her twenty-five years, during which time she did not see him; that could she have prevented it, she would never have permitted him to return, as she did not wish him to witness her sufferings, or be exposed to the brutal treatment that he would receive.

She states that she has been a faithful servant, and in her old age she would not have attempted to obtain her liberty; but as she became feeble, and less capable of performing labor, her master became more and more exacting and brutal in his treatment, until she could stand it no longer; that the effort could result only in death, at most—she therefore made the attempt.

She witnessed the killing of the child, but said she neither encouraged nor discouraged her daughter-in-law,—for under similar circumstances she should probably have done the same. The old woman is from sixty to seventy years of age, has been a professor of religion about twenty years, and speaks with much feeling of the time when she shall be delivered from the power of the oppressor, and dwell with the Savior, 'where the wicked cease from troubling, and the weary are at rest.'

These slaves (as far as I am informed) have resided all their lives within sixteen miles of Cincinnati. We are frequently told that Kentucky slavery is very innocent. If these are its fruits, where it exists in a mild form, will some one tell us what we may expect from its more objectionable features? But comments are unnecessary.

P. S. BASSETT.

Fairmount Theological Seminary, Cincinnati, (Ohio,) Feb. 12, 1856.

逃亡奴隷のマーガレット＝ガーナーと会見した牧師の記事（『ブラック－ブック』より）

再び南部へ

モリスンが創造した『ビラヴィド』の主人公セサは北部にとどまり、長い年月の末に未来への光明を見いだしかけるが、マーガレットは、死によってしか自由を得ることができなかった。

オハイオ州当局は、彼女を殺人の罪で裁いて、最終的にはその命を救おうと意図していたのだが、結局、所有者が彼女を南部に連れて帰るのを阻止することはできなかった。彼女と赤ん坊を乗せた船に事故が起きたとき、彼女は騒ぎのすきをついて、枷《かせ》をつけられたままの不自由な姿で抱いたわが子を水中に投げ込み、自分も続いて飛び込んだが引き上げられてしまった。しかし子供が溺死したと聴かされると、「狂気のような喜び」を見せたという。ふたたび南部で売られた彼女がどこでどんな死を迎えたのかは不明だが、「事件」以来生き別れになっていた夫は、やがて彼女の死を知り、ルーシィ＝ストーンへの手紙に「彼女はやっと逃亡を果たしました」[*17]と書いたという。

多くの奴隷に共通することだが、マーガレット＝ガーナーの生年月日も、またその死の年も不明である。一八五六年当時、彼女は二十二歳から二十五歳と推定されている。

■I章註

＊1　Danille Taylor-Guthrie ed., *Conversations With Toni Morrison* (Jackson : University Press of Mississippi,1994), 123.

＊2　Toni Morrison. *The Nobel Lecture in Literature 1993* (New York : Alfred A.Knopf,1994), 30.

＊3　Henry Louis Gates,Jr ed., *Narrative of Sojourner Truth* (New York : Oxford University Press,1991).

＊4　*Narrative*, 131-135.

＊5　"Sojourner Truth, The Libyan Sibyl," *Narrative*, 161.

＊6　一八三一年、ヴァージニア州サザンプトン郡で起きたアメリカ史上最大の奴隷の反乱「ナット＝ターナーの乱」の首謀者ナット＝ターナーは、その顕著な例。白人作家ウィリアム＝スタイロン（William Styron）は彼をモデルに、『ナット＝ターナーの告白』（*The Confessions of Nat Turner*）を一九六七年に発表した。

＊7　黒人詩人ジェイムズ＝ウェルドン＝ジョンソン（James Weldon Johnson）の「神のトロンボーン・詩型による七編の黒人説教」（*God's Trombones : Seven Negro Sermons in Verse,1927*）、ゾラ＝ニール＝ハーストン（Zora Neale Hurston）の小説『ヨナのひさごの蔓』（*Jonah's Gourd Vine*, 1934）の主人公説教師ジョン＝ピ

アソンの説教、白人作家ウィリアム＝フォークナー（William Faulkner）の『響きと怒り』（*The Sound and the Fury,* 1929）の、黒人牧師シエゴッグの復活祭の説教などがある。

＊8 Janheinz Jahn, *Muntu : African Culture and the Western World* (New York : Grove Weidenfeld, 1990),124. 初版一九五八。

＊9 *Muntu,* 124. この伝統はモリスンの世界にも生きている。例えば、ピコラの赤ん坊の無事な出産を願って庭に金せん花の種をまくクローディアとその姉は、歌を唱《うた》い、マジックワードをとなえる儀式を行っている。

＊10 *Conversations,* 121.

＊11 William Still, *Underground Railroad Records* (Philadelphia, 1872), 296. 上記スティルの引用はCharles L. Blockson, *The Underground Railroad* (New York : Berkley Books, 1987), 85.による。

＊12 Harriet A.Jacobs, *Incidents in the Life of a Slave Girl Written by Herself* (Harvard University Press, 1987), 77. 初版一八六一。

＊13 「結婚」といっても、奴隷には白人の結婚のように制度・法律によって保障され護られたものではなかった。

＊14 例えば一八四五年に出版されたフレデリック・ダグラス（Frederick Douglass）の最初の自伝のタイトルは下記のようになっている。*Narrative of the Life of Frederick Douglass, an American Slave Written by Himself.*

＊15 Leslie Wheeler, *Loving Warriors : Selected Letters of Lucy Stone and Henry B. Blackwell, 1853-1893* (New York City : Dial Press, 1981), 155. なお、M＝ガーナーの事件については以下の資料を参考にした。Levi Coffin, *Reminiscences of Levi Coffin* (New York : Arno Press and The New York Time, 1968)、初版一八九八。*Cincinati Daily Enquirer,* January 29, 30, 31, 1856. なお、コフィンはシンシナティにおける「地下鉄道」のリーダ

ー的立場にいた。

＊16 Middleton Harris, *The Black Book* (New York : Random House, 1974), 10.

＊17 Gerda Lerner ed., *Black Women in White America : A Documentary History* (New York : Vintage Books, 1972), 63.

II

唱《うた》う女たちの伝統

一　流露する魂

命の歌

「私には二つから一つを選ぶ権利しかなかった。自由そうでなければ死である。もし自由を得ることができなければ、わたしはすすんで死を選ぶつもりだった。なぜなら誰にも生きてわたしを捕えさせるつもりはなかったから」[*1]と、タブマンは語っている。これまで紹介した四人の黒人女性は、人としての自由と尊厳を得るという一つの目的のために、命を賭けた。自身のためだけでなく、家族の、そして同胞の自由と尊厳のために、身一つで白人優位の思想に根を張った奴隷制度に立ち向かった女性たちである。

奴隷として生まれ、知り学ぶ権利を奪われながら、自分たちの人間としてのあるべき姿への洞察を可能にした彼女たちの知性は、他者に対する愛によって養われたものであり、愛によって養われた知は、彼女たちの行動の基盤となった。そしてこの三位一体を支えたのが、「魂の永遠性」を忘れては生きられない彼女たちの霊性である。この霊性は、アフリカ文化に根を持ち、キリスト教の信仰に帰依した奴隷全般に認められる顕著な特徴でもあり、この人々の誇りの拠《よ》り所でもあった。

黒人霊歌《ニグロ・スピリッチュアル》が奴隷制という軛《くびき》につながれて獣のように扱われた人々の霊性の証《あかし》であることは、万人が知識として知るところである。ここで強調したいのは、声を出すことができれば、口を利け

フレデリック＝ダグラス

れば、すべての奴隷が、煮えこぼれる思いを唱《うた》うことで、生きながらえた事実である。唱わずにはいられなかった状況である。スピリッチュアルを唱うトルースやタブマンの背後に、奴隷制を生きた無数の名もない女たちが、唱い生きていた事実である。

タブマンやトルースと同時代を生きたフレデリック＝ダグラスは、自伝の中で、奴隷たちが集団で歌を即興し合唱するのを目撃していた、幼い頃の記憶を語っている。森中に響きわたる彼らの歌声が「いと高き喜びと同時に、いと深き悲しみを表し」、「最も哀しい感情を最も喜ばしい調子で唱い、最も歓喜に満ちた感情を最も哀しい調子で唱う」のを、子供心にも聴き取ったと言い、それらの歌は「最も辛酸な苦悩に満ちた、煮えたぎり溢れ出る魂の祈りと呻《うめ》きを呼吸していた。その音は一つ残らず奴隷制の悪を証明し、鎖からの解放を願う神への祈りになっていた」*2と書いている。

奴隷制度が、五年間続いた南北戦争の後に廃止され、名目上はアメリカ市民となった黒人の新しい受難の百年が始まったとき、女たちは、先祖の戦いをその唱う習慣とともに引き継いだ。差別と偏見、迫害と貧困との戦いで、その勝利や敗北、喜びや哀しみそして希望は、教会ではスピリッチュアルやゴスペルで、巷《ちまた》ではブルースで唱われた。

スピリッチュアルとブルース

奴隷から小作人となって、依然としてラバのように労働に追われる南部の黒人の間で誕生したブルースの源は、彼らの先祖が残したスレイヴ＝ソングにある。スレイヴ＝ソングには、農作業中の合図に使われたフィールド＝ホラー（叫び声でのコールとレスポンス）、自分たちの物語を唱《うた》うバラードのような語り歌、そしてスピリッチュアルなどがあるが、なかでもスピリッチュアルは、ブルースと大変近い関係にある。ブルースの本質を知るために、スピリッチュアルの定義をしておこう。

それは、集団によって共感共有される、耐えきれなくなった苦しみや哀しみの発現にある。一人の奴隷の喉から呻吟《しんぎん》のように洩れた言葉が、かたわらの同輩の共感を誘って繰り返され、二つの声によって旋律となった言葉は、さらに別の奴隷の心に呼びかけて、新たな応答を引き出す。呼びかけては応える往復の中でリズムが生まれ、メロディが流れ、太く育っていくコーラスがハーモニーを探す。彼らはこうして、苦悩を、そして苦悩の果てに必ずや訪れるに違いない神の慈悲と魂の栄光を、聖書の中のメタファーやイメージを用いて唱い出す。

奴隷制を背景にしたモリスンの『ビラヴィド』には、そのような歌の誕生の場面が描かれている。デュ＝ボイスは『黒人の魂』で、スピリッチュアルを「嘆きの歌」と呼び「大西洋のこちら側で生まれた、最も美しい人間経験の表現」[*3]と形容しているが、彼は、歌声に溢れる絶望の響きが、しばしば、勝利の響きや穏やかな自信に変わるのに気づいている。

ブルースは世俗の歌であるが、社会の最底辺に押しとどめられた黒人の日常の苦しみから、ため息のように即興的に生まれたものであることは、宗教歌であるスピリッチュアルと変わらない。スピリッチュアルが、比喩的表現に二重の意味を含ませていることはタブマンの項でも述べたが、この特質はブルースにも見られる。

発生当時（十九世紀末）のブルースは、詩句もメロディもスピリッチュアルと酷似していて、「ブルース‐スピリッチュアル」と呼ばれることもある。失意、哀しみ、絶望を表す「ブルース」の語源は、「ブルー‐デヴィルズ《ゆううつな悪魔》」である。

ブルースは個人の身に起きた卑近な出来事、恋人の裏切り、セックス、白人の横暴、天災、牢獄、飲酒などを、いわば自分史を打ち明けるように唄う。唱われる個人の経験は、同じ境遇に生きる人々に共通するので、歌詞の中の一人称は容易に同一化され、唱う個人の心境はそのまま聴く人のものになる。やがて民衆の中から生まれてくるプロのブルース‐シンガーは、彼らの代弁者となり、黒人教会の説教師が果たしたような役割を果たすのである。「ブルースの母」と呼ばれるマア＝レイニーはまさにその見本だった。

二　ガートルド＝レイニー（一八八六―一九三九）

ミンストレル‐ショウの芸人

ジョージア州に生まれ育ったマア＝レイニーは、ローティーンの頃から地元のミンストレル‐ショウに出演して、芸人生活に入った。ミンストレル‐ショウとは、歌、踊り、寸劇などが混ざった黒人の寄席演芸で、ヴォードビルの前身のようなものであり、レコード、ラジオ、映画の登場までは、黒人に最も人気のある娯楽だった。マア＝レイニーは、たまたま楽屋を訪れた少女から習った、不思議に物哀しい歌をアンコールで唱《うた》って聴衆を深く感動させた。当時そのような呼び名があったかどうかは不明だが、ブルースとの最初の出会いである。

やがて彼女は自分の一座を持ち、夏から秋にかけての収穫期に南部各地を巡行し、小作人、人足、娼婦など、黒人民衆の中から生まれた彼ら自身の歌、ブルースを唱った。

気取りも隠しだてもない「ダウンホーム」な顔立ちをしたレイニーは、背の低い太った体軀をラメ入りのドレスと大胆なアクセサリーで飾り、豊かな深く訴えるような表情を持ったアルトで「バルウィーブル（綿虫）のブルース」、「寝言のブルース」[*4]、「泣いている女のブルース」、「プアハウス‐ブルース」、「マア＝レイニーのブラックボトム」などを唱った。彼女はすでに口承でできあがっ

ガートルド＝レイニー
通称〝ブルース〟の母、
マア＝レイニー

「マア＝レイニーの
ブラックボトム」の
広告

ているメロディと歌詞を唄うこともあれば、自分で創って唄うこともあったが、その型はブルースと言われるものの最も一般的なものだった。

　メロディはブルーノートを伴った十二音節、歌詞は一スタンザ三行で、二行目は一行目の繰り返しでＡＡＢと韻《いん》を踏む。言葉や行の間に「呻《うめ》き」を入れるのがマア＝レイニーのスタイルだった。聴衆の心を捕える彼女の表現力を讃える長い詩を書いた黒人詩人スターリング＝ブラウンは、「彼女が呻くと、聴衆も彼女とともに呻いた」と記している。*5 彼女は二十代からすでにこの人たちから「かあさん《マア》」の愛称で呼ばれる存在だった。

レコードの普及とブルースの流行

マア＝レイニーがブルースを唱い出したのは二十世紀に入って数年経ったころからだが、一九二〇年代のジャズとブルースの流行と蓄音機の普及によって、レコード会社は黒人をターゲットに、多くのブルース歌手のレコーディングを競って始めた。
このジャンルのレコードはレースレコードと呼ばれたが、マア＝レイニーの歌もレコード盤を通して、南部農村地帯以外の地、ことに十九世紀末から二十世紀にかけて大挙して南部から移住した北部の都市の黒人に届くようになった。人種差別を逃れ、豊かな生活を求めて故郷を離れた黒人たちは、彼女の声に自分たちの精神の根を再確認するのだった。

批判精神と自立した黒人女性像　ブルースによって唱《うた》われるテーマの半分以上は、男女の関係である。一九二〇年代にマア＝レイニー、そして「ブルースの女帝」と呼ばれ、レイニー同様に南部黒人の生活心情を色濃く漂わせているベッシィ＝スミスをはじめ、アイダ＝コックス、アルバータ＝ハンターなどの多くの女性ブルース歌手が登場したとき、彼女たちは人種と性の二重の差別のもとで、自身の声を発することのできない黒人女性の境遇や感情の代弁者となった。

彼女たちが、女の視点から奔放に唱った男女関係は、男に対する愛憎や執着などを本気で吐き出すだけでなく、女の男に対する新しい態度や関係を暗示し表現するようになった。マア＝レイニーも男性に対する恋々の情を唱う一方で、冷徹な男性観察を行う。彼女は「どんな男も信用するな」と同名のブルースで唱いかけ、「あたしは、二度とあんたに、犬のようには扱われないよ」（「ベッセマ行きのブルース」）と男のもとを去っていく行動力をもっている。男性への批判や隷属の拒否は、そのまま白人優位の社会に対する批判や拒否への隠喩になることもしばしばであった。

ブルースの歌手は、黒人女性がそれなりの収入と発言権を得ることができた極端に少ない職業のひとつであったから、彼女たちの歌の中で、挫折から生き返り生き延びてしたたかに立ち直る女たちの姿は、多くの黒人女性への励ましとなったことは容易に想像できる。マア＝レイニーは、ホモセクシャル、売春婦などをテーマにしたブルースも唱い、白人文明がつくりだした女性のステレオタイプに挑戦した。

彼女は、南部の田舎の「かあさん」そのものの容姿を持ち、一般的な美人の標準とはおよそ遠いところにありながら、「かあさん」であると同時に、セクシイな「女性」でもあった。日本でも知名度の高いベッシィ＝スミス、ビリー＝ホリデイ、そしてその他多くの女性ブルース歌手は、マア＝レイニーを母として、自恃と自立、批判と抵抗、経験の分かち合いを、苦しみの中から唱い出すという女性のブルースの伝統を紡いできた。

近年では、[*6]彼女たちがアメリカ文化において果たした役割を理解・評価する試みが続けられており、小説家モリスンは、彼女たちのときには破天荒な生き方や芸の形は、筆を執る者にとって刺激的な素材であることを示唆している。[*7]

三　ブルースと黒人文学

トニ＝モリスンは、彼女が小説によって達成しようとしている芸術の理想を、これまで実現し得たのは黒人音楽だけではないかと考えている。モリスンだけでなく多くの二十世紀の黒人作家が、黒人民衆が創り育ててきた音楽に自身の精神の根を見いだし、創作上の刺激を受けている。アメリカの黒人を「ブルース－ピープル」と呼び、ブルースを「民族の記憶《レイシャル－メモリー》」と名づけたのは、この民衆音楽を社会的・政治的側面から論じている『ブルース－ピープル』の著者ルロイ＝ジョーンズ（後のアミリ＝バラカ）であるが、この「ブルース－ピープル」の物語を小説という形を通して語る作家もまた、一種のブルース歌手と呼ぶことができよう。

リチャード＝ライトの自伝『ブラック－ボーイ』を「リチャード＝ライトのブルース」と呼んだのはラルフ＝エリスンである。[*8] エリスンの名作『見えない人間』には、様々なブルースが流れているだけでなく、ブルースのイディオムを語り、ブルースの精神をしたたかに生きる人々が登場する。エリスンは若い頃タスキーギー－インスティテュートで音楽を専攻する学生だったが、女性作家マヤ＝アンジェロウ[*9]は、ブルース歌手でもある。

人生を真正面から抱きとめて唱《うた》う表現力と自立性をもった女性ブルース歌手[*10]や、彼女たちの唱うブルースは、自分たちの経験を自ら語ることによって、その負の部分でさえ、自己発見と再出発を可能にする積極的な価値に変えていこうとする女性作家たちの主人公たちと、その語りに通じるところがある。例えば、ゾラ＝ニール＝ハーストンの『彼らの眼は神を視つめていた』で自分の人生を語るジェイニーは、ブルースの構造と機能を基盤にしてアフロ‐アメリカ文学の理論の構造を試みているヒューストン＝ベーカーによって、「ずばぬけて優れたブルース‐アーティスト」[*11]と呼ばれているし、モリスンの傑作『ビラヴィド』のセサの語りもまた、魂の深奥から湧き出るブルースとなっている。

　また黒人女性作家の作品では、しばしば女性ブルース歌手が登場する。アリス＝ウォーカーの『カラー‐パープル』で、主人公セリーの自己の確立と開花を助けるのは、シュグ＝アヴェリーというブルース歌手だし、ゲイル＝ジョーンズの『コレギィドーラ』で、女奴隷だった先祖の暗く重い思いを祖母や母から相続して伝え続ける義務を持つ女主人公もまた、ブルース歌手である。モリスンの世界にはブルース歌手こそ登場しないが、唱う女たちの姿は、不可欠の日常風景である。特に六作目の『ジャズ』は、女性ブルース歌手がはなやかに活躍した一九二〇年代のハーレムを背景にしていて、全編に流れるブルースは、登場人物の心理描写に欠かせないイメージを創り出している。

四 ゾラ＝ニール＝ハーストン（一八九一―一九六〇）

先駆者として

「私の心の中では、ゾラ＝ニール＝ハーストン、ビリー＝ホリデイそしてベッシィ＝スミスは一種の聖ならざる三位一体を形成している。少なくとも私にとってゾラは、文学者のお歴々よりもむしろ、黒人女性歌手の伝統に不可避に属しているのだ[*12]」、と語ったのはアリス＝ウォーカーである。

アメリカの国会図書館には、ブルースを唱《うた》ったハーストンの野太い声の録音が、南部の田舎で女たちからこの歌を習ったときの様子を楽しげに語る彼女自身の説明とともに遺っている。ハーストンは、現在活躍している黒人女性作家たちにとって偉大な先駆者である。型破りの人生を生きた女性であるが、民俗学者そして小説家として、彼女は黒人文化の土壌から、生きるエネルギーと創造力を汲み上げた。

ハーストンは四編の小説、一冊の自叙伝、五十編を越す短編小説やエッセイ、そして自らの足で収録した黒人フォークロアの本を二冊発表しているが、彼女の業績を最も顕著に示すのは、フォークロア『ラバと人間』（一九三五）と小説『彼らの眼は神を視つめていた』（一九三七）である。この二作を現代黒人女性作家の作品とつなぐ要素は二つある。一つは、奴隷制の時代から南部で育まれてきた黒人文化の理解と、その文化の基盤の上に立つ創作態度である。もう一つは、黒人社会の中で、一方でその文化に養われ、他方では白人社会の抑圧を受けたこの社会の歪みや矛盾と戦うヒロインの創造である。

ハーストンの真価を発見したのは、一九七〇年代以降に活躍する黒人女性作家である。一九六〇年、フロリダ州セント＝ルーシィ郡の郡立福祉ホームでその生涯を閉じたとき、彼女はすでに忘れられた過去の作家だった。アリス＝ウォーカーが彼女の作品に出会い、そこに自分が書きたいと願い望んでいた作品のモデルを見いだしたのは、この十年後である。このときハーストンの作品はすでに絶版で墓には墓標もなかった。ウォーカーが雑草の生い茂る共同墓地の、それらしく凹《へこ》んだ場所に、「ゾラ＝ニール＝ハーストン　南部の天才　一九〇一―一九六〇　小説家　民俗学者　人類学者」と刻んだ墓碑を建てたのは一九七三年である。[*13] 生まれた年が、一八九一年という私の記述より十年若いのは、自身の実人生についても様々な「創作」をしたゾラの「自称年齢」だからだ。

一九七七年につくられた記念碑は、『ゾラ＝ニール＝ハーストン――文学的伝記』である。著者のロバート＝ヘメンウェイは白人で、これから紹介する彼女の生涯はこの本を参考にしている。

ゾラ＝ニール＝ハーストン

ハーストンが生まれ十代の半ばまで育ったフロリダ州オレンジ郡イートンヴィルは、

生い立ち

全住民が黒人からなる町だった。それは、いわゆる「線路の向こう側」と呼ばれる白人町から押し出された黒人居住区ではなく、黒人によって創設、そして運営されたアメリカ最初の黒人の町である。父親のジョンはアラバマから妻ルーシィとともに創設まもないこの町に移住し、大工として働き八人の子供を養った。バプティスト教会の説教師としても人気が高く、また、町長を三期勤めて町法を創案した人物でもある。

ゾラは三人の娘のうちでも、とりわけ母親に愛された。口達者で物おじしないゾラを叱るのは父親で、庇《かば》うのは母親だったが、彼女は常々子供たちに、「太陽に向かって跳ぶんですよ」と、志を高く持つように言い聴かせていたという。幸せな子供時代はこの母親の病死によって九歳で終わった。しかし幸運だったのは、人生の最初の九年間、彼女を取り巻く環境が、黒人であること、そして女性であることを卑下させるものではなかったことである。それどころか、ゾラの旺盛な好奇心は、日々の生活の中でこの町の人々の風俗や習慣を吸収し、母の思いを記憶の内にたたみこんで、誇り高い黒人女性としてのアイデンティティと自立の基礎を養った。

よろず屋ジョー＝クラークのポーチと、父親が説教する教会が町の文化の中心で、ゾラはこの二つの場所で黒人の「話術」を学んだ。ジョーの店先のポーチには男たちがたむろして往来を眺めながら、噂話を交換したり、冗談や警句を飛ばし、ホラ話を競ったりした。民話や伝説は、日常の出来事の解釈に引き出される判断の鏡だった。少女ゾラにとって、大人になるための情報源であったこのポーチトーキングは、一九二九年に「人類学者の双眼鏡」を持った彼女が、フォークロアの収集に町に戻ってきたときも、賑やかに続けられていた。

ハーストンは「聖別された教会」というエッセイの中で、黒人教会の説教師は原始的な詩人であり、礼拝は音楽を伴ったドラマであると定義しているが、望ましい説教師の条件は、ドラマティックな話術とよく透る声、そして魅力的な風貌だった。彼女の父親をモデルにした『ヨナのひさごの蔓』の主人公ジョン＝ピアスンは、好色という矯正不能な弱点を持ちながら、この三つの条件を満たしている、近隣にきこえの高い名説教師である。

しかし、ポーチも説教壇も男たちだけの表現の場だった。そのゾラの記憶に強く焼きついているのは、最後まで自分の思いを声にできないでいた臨終の母の姿である。娘が周囲の人々に取り押さえられて、母と約束したように臨終の儀式のしきたりを止めさせることができないでいるのを見て、物言いたげに口を開いたままでいる表情は、ゾラには自分の代わりに娘が「声を出すのを待っていた」ように見えた。後に言葉による表現者となったゾラは、母の無念の沈黙を忘れなかった。

作家の誕生

ハーストンを作家として世に押し出したのは、最初の黒人文化興隆の気運がみなぎった一九二〇年代のハーレム＝ルネッサンスだった。それは「ジャズ＝エイジ」と呼ばれた時代でもある。その中心となったのがニューヨーク市ハーレム地区だったのは言うまでもない。自分たち固有の文化を白人社会の蔑視や偏見に抗して誇る芸術家や知識人は、自らを「ニュー＝ニグロ」と呼んで、奴隷制時代に叩き込まれた屈辱と劣等の痕跡を引きずっている黒人像を否定し、黒人が持つべき新しい人間像を主張した。民族意識がみなぎるこの文化活動は、一九六〇年代の公民権運動とともに興った、黒人の美学を主張するブラック＝アートの運動を連想させよう。当時の黒人作家の発表の場は、黒人の地位向上を目的とする二つの機関、「都市連盟」「黒人地位向上連合」がそれぞれ発行している『機会《オポチュニティ》』『危機《クライシス》』という雑誌で、ハーストンはハーレム＝ルネッサンスの理念上のリーダーで『ニュー＝ニグロ』（新進黒人作家たちの選集）の編者だったアレン＝ロックの勧めで、『機会』誌に「光に濡れて」という最初の短編を投稿、一九二二年に作家としての習作時代の出発をした。この時期の小さな作品にも、一九三〇年代の代表作に見られる主題と斬新な文体の創造、すなわち因習に逆らって自己を実現する黒人女性像を、黒人のフォークロアと方言を生かした文体によって描くという試みがすでに見られる。これらの特徴は、今日の多くの黒人女性作家、とりわけトニ＝モリスンに引き継がれている。

民俗学への興味

ハーストンのフォークロアへの関心は、民俗学との出会いによって一層強いものになり、一九二九年の不況の到来とともにハーレム＝ルネッサンスがその勢いを失った後、彼女は同輩たちとまったく異なった途《みち》を歩くようになる。『アメリカの息子』の作者リチャード＝ライトによって代表されるような、差別と貧困に苦しむ黒人の姿を描き、社会の不正を告発する「抗議小説」を書くことに黒人作家の使命があるとする主張は、彼女のものではなかった。フォークロアの遺産を受け継ぎ、ユーモアと笑いに溢れた日常生活を送っている黒人共同体の豊かさを強調するハーストンの作品が、プロレタリア文学が盛んな一九三〇年代の風潮の中で好意をもって迎えられ、正当な評価を得ることは難しかった。

一九二六年から二年間、ただ一人の黒人学生として名門女子大バーナード大学に在籍し、著名な人類学者フランツ＝ボアズのもとで、人類学と民俗学の世界に導かれたハーストンは、自分が生まれ育った環境の持つ重要性に気づかされる。それは民話、歌や踊り、迷信や儀式などを含む伝承文化の宝庫だったのだ。

『ラバと人間』の冒頭の彼女の言葉によれば、この宝庫のただ中で生きていた頃は「シュミーズのように体にぴったりして」、それを身につけていることすら意識しなかった兎の兄い（黒人民話のなかに出てくるトリックスター）がいたずらをしでかし、梟《ふくろう》が知恵の言葉を呟く世界を、「人類学者の双眼鏡」を通して見なおすことになったのだ。

一九二七年から三二年までの五年間、ハーストンは、故郷を中心とするアメリカ南部とハイチを中心とする西インド諸島の黒人の伝承文化を精力的に収集した。前者の成果は『ラバと人間』に、後者の成果は『馬に話せ』（一九三八）に収められている。

民俗学者としてのハーストンのフィールドワークの特質は、調査の対象とした人々に同じ文化の共有者として溶け込む態度である。語り、唱《うた》い、踊る人々の輪に自ら参加するという収録方法は、現場の状況をリアルに伝え、彼女と共同体の人々との交流は物語としての面白さを具《そな》えている。

フィールドワークには、黒人の民間信仰ブードゥーの調査が含まれていたことを忘れてはなるまい。ハーストンはブードゥーの儀式やその意味を、ニューオリンズやハイチに訪ねて回った。特にニューオリンズでは、何人かの男女のブードゥー師の弟子入りをして、様々な慣習を学び、密儀を伝授された。彼女はこの体験から、白人からはアフリカの原始的な呪術として卑しめられていたブードゥーの宗教性を確認し、そこにアフリカ伝来の自然観や宇宙観を感得している。草木の効力を知り、心身の癒しに携わるブードゥー師は、黒人社会で隠れた影響力を持っていた。十九世紀前半から二十世紀初頭にかけて、ニューオリンズの影の社会での女性ブードゥー師の地位は高く、とりわけマリー＝ラバウの存在は伝説的だった。[*14]ハーストンは亡きラバウの直弟子だったルーク＝ターナーにも弟子入りしている。

ブードゥーへの関心

ハーストンは、『ヨナのひさごの蔓』や『彼らの眼は神を視つめていた』の中で、彼女が子供の頃に見聞したブードゥーの様々な風習を用いているが、これらの風習は、現代の黒人女性作家の作品にもアフリカ的な感性や宇宙観を偲ばせるものとして描かれている。ウォーカーの『ハンナ＝ケンハフの復讐』は、ベテランの女性ブードゥー師に弟子入りをした若い「私」が、白人から受けた屈辱を晴らしたいという依頼人の女性の願いを成就させるために、師の手伝いをするという設定で展開するが、ウォーカーが民俗学者ゾラの埋もれた業績を発見したのは、この作品の執筆が契機である。[*15]モリスンの『ソロモンの歌』のパイロット、グロリア＝ネイラーの『ママ＝ディ』のミランダ＝ディは、いずれもブードゥーの奥義に通じているように描かれているが、彼女たちがともに血族や共同体の柱であり、生命力と知恵を具《そな》えた女性であることは興味深い。

『彼らの眼は神を視つめていた』

これは、ジェイニィ＝クロウフォードが、因習の束縛、男性への隷属を断ち切って、自分が望んだ人生を生き、自己を確立する物語である。自身の人生の主体となることで、ジェイニィは奴隷だった祖母ナニィの、「黒人女はこの世のラバ」という宿命観を打破し、「人々との出会いを求めて地平線を目ざす大旅行」という半生の希望を成就することができたのだ。旅から帰ったジェイニィが、女友だちに旅の経験を語る行為で終始する小説の形そのものが、彼女の自己実現の証《あかし》となっている。なぜなら、昔のジェイニィの姿を語るのは、「自分の全部を使って生きたい」という願望を果たした後の、別人のように成長したジェイニィだからだ。それは、彼女に人生の危険からの「保護」としての結婚を強制した祖母にも、二人の夫にも、言葉による表現と行動の自由を抑えられていた女の姿である。

彼女の自己実現が、黒人としてのアイデンティティの確立と言語表現力の獲得なくしてはあり得ない事実は重要だ。ハーストンは、黒人共同体の民衆文化がヒロインに及ぼす影響力を証明する。ハーストンは、ジェイニィの第二の結婚生活をハーストンの故郷イートンヴィルに、第三の夫との生活はフロリダ州エヴァーグレードの大農場地帯の出稼ぎ労働者のキャンプに設定し、生き生きと人生を楽しむ黒人群像を描き出す。第二の夫ジョー＝スタークスのよろず屋のポーチにたむろする町の人々が、「世界を画布《キャンバス》に」して「クレヨンで描いた人生の拡大図」のようなホラ話で見せる話術の巧みさ、面白さ。第三の夫ティー＝ケークの小屋を取り巻いて夜ごとに盛り上がる歌と踊りの饗宴。この環境は白人の屋敷の裏庭で育ち、白人の実業家をモデルにして成功の夢を追いかける夫に支配されて生きてきた混血のジェイニィの内に、黒人種と黒人文化への帰属感を育てていく。

　ジェイニィがジョーに強いられた沈黙を、まれに破ってみせるストーリィテラーの才能や、二十年間の屈辱的な忍耐の後に夫に向かって切った、胸のすくような理路整然とした啖呵《たんか》は、よろず屋のポーチで展開されたポーチトーキングが、いかに彼女の知恵を養い話術を育てたかを証明している。さらにジョーの死後、安全な生活を捨てて未知の世界に旅立つことで、ジェイニィは、自分を育ててくれたポーチトーカーたちの重大な欠点さえも洞察する眼を養っている。彼らは人生を本当に生きていないので、喋ることで「生きているふり」をしなければならないのだ。

　語り終えたジェイニィは友人のフィービーに、人は誰でも二つのことを自力でやらなければならないと言う。「神様のところへ行かなきゃならないってこと、それから生きるってことは、どういうことか自分で見つけなきゃならないことよ」と、彼女の言葉は確信に満ちている。

　今日では、黒人文学・フェミニズム文学の古典となっている『彼らの眼は神を視つめていた』は、出版当時は正当な評価が得られなかった。人種差別と性差別の社会の中で黒人女性の自己実現というテーマが見えなかった批評家は、問題意識に欠けるフォークロア小説としてかたづけてしまった。この物語に共感し、そのメッセージを受け止めたのは、半世紀後の黒人女性たちである。

■II章註

＊1 Senah Bradford, *Harriet Tubman : The Moses of Her People* (New York : Corinth Books, 1961), 29.

＊2 Frederick Douglass, *Narrative of the Life of Frederick Douglass, an American Slave,* edited with an Introduction by Houston A. Baker, Jr. (Penguin Books), 57.

＊3 W. E. B. Du Bois, *The Souls of Black Folk* (Penguin Books, 1989), 205.

＊4 現代のアメリカを代表するアフリカ系のドラマ作家オーガスト＝ウィルソン（August Wilson）はマア＝レイニーを主人公にした同名のドラマを一九八二年に発表している。この劇はブロードウェイで上演され、一九八五年にニューヨーク演劇批評協会賞を受賞し、トニ賞にノミネートされた。ブラックボトムとは、一九二〇年代に流行したダンス。

＊5 Sterling Brown（1901-1989）。詩人・評論家。黒人庶民の日常の言語やブルースの歌詞の陰影の深さ、感情の豊かさに惹かれて、自らも黒人庶民の用いるブラック－イングリッシュを生かした詩を書いた。一九三二年の"Ma Rainey"には、自分たちの悩みを唱《うた》うマアの姿と、聴き惚れて涙を流す聴衆の様子がうたわれている。

＊6 例えば、Daphne Duval Harrison, *Black Pearls : Blues Queens of the 1920 s* (Rutgers University Press, 1988) は、一九二〇年代に活躍した女性ブルース歌手や彼女たちが及ぼした影響に光をあてている。また、Michele Wallace, *Invisivility Blues : From Pop to Theory*（London, New York : Verso, 1990）は、黒人女性の経験に積極的な評価を与えるメタファーとして、ブルースや女性ブルース歌手の役割の重要性に注目している。

＊7 *Conversations,* 27.

＊8 Ralph Ellison, "Richard Wright's Blues," *Shadow and Act* (New York : New American Library, 1966), 89.

＊9 Maya Angelow　一九二八年生まれ。*I Know Why the Caged Bird Sings* (1970)をはじめ五作の自伝を出版。

＊10 「奇妙な果実」（"Strange Fruit"）というブルースによってその名を不滅にしたビリー＝ホリデイ（一九一五—五九）は、その戦いの一生を自伝"*Lady Sings the Blues*"(1957) でも赤裸々に語っている。

＊11 Houston A. Baker, Jr. *Blues, Ideology, and Afro-American Literature : A Vernacular Theory* (Chicago and London : University of Chicago Press, 1984), 14.

＊12 Alice Walker, "Zora Neale Hurston : A Cautionary Tale and a Partisan Review," *In Search of Our Mothers' Gardens* (Hartcount Brace Jovanovich, 1983), 91.

＊13 この事情はウォーカーの"Looking for Zora," *In Search of Our Mothers*、 *Gardens,* 93-116. に詳しい。

＊14 Marie Laveau 生年不明。十九世紀後半ブードゥー師としての彼女の名はニューオリンズに知れわたっていた。彼女が公に催す儀式はいわば町の名物でもあり、黒人のみならず、多くの白人も彼女の呪術や治療を求め、白人支配階級にも密かな力を持っていた。人々の耳目を惹くような話題の人であり続けたが、その性格も生涯も謎の部分が多い。一八八一年に死亡した後も、同名を名のる若いブードゥー師が力をふるっていた。ラバウ一世は自らの不滅性を演出して、娘に自分の跡を人知れず継がせていたらしい。Robert Tallant, *Voodoo in New Orleans* (New York : Collie Books, 1962) の Part II "Marie Laveau" 61-148による。

＊15 ウォーカーは「あなた自身の命を救うこと・芸術家の人生におけるモデルの重要性」の中で、この経過について述べている。原題は "Saving the Life That Is Your Own:The Importance of Models in the Artist's Life", *In Search of Our Mothers' Gardens,* 3-14.

III

トニ＝モリスンの世界

一　生い立ち

オハイオ州の小さな町

トニ＝モリスンは、一九三一年オハイオ州ロレインで、ジョージ＝ウィリィス＝ウォーフォードと妻ラーマの第二子として生まれ、クロイ＝アンソニイと名づけられた。ロレインは、エリー湖から吹く強風と工場の煙でオレンジ色に染まった空が広がる、オハイオ河に面した、小さな鉄鋼の町だった。彼女が後に自身の名を「トニ」と変えたのは、大学時代の友人がクロイ＝アンソニイの名を呼びにくかったからで、「モリスン」は一九五八年から一九六四年まで結婚していた夫の姓である。クロイには姉がいて、後に二人の弟も生まれた。一九三一年という年をアメリカ史全般に照らせば、一九二九年に始まった不況の只中であり、第一次大戦後の「ジャズ・エイジ」と呼ばれた繁栄と享楽の時代は終わりを告げていた。また、黒人史に照らせば、アメリカ黒人をリンチの恐怖で震撼させたスコッツボロー事件が起きている。[*1]

人生の最初の十七年間を過ごしたロレインの町は、モリスンにとって、ハーストンにとってのイートンヴィル同様に、創作の土壌となった。「わたしが書くものはすべて、あの土地から出発しているのです」[*2]と彼女は言う。実際、第一作『一番青い眼』は、ロレインが実名のまま舞台となっているし、二作目の『スーラ』、三作目の『ソロモンの歌』、そして五作目の『ビラヴィド』も、ロレインに共通した特徴を持つ、中西部の黒人社会を描いている。

オハイオという土地柄は、黒人史から見ると進歩と反動の二極面を持つ。南はケンタッキーと州境を、北端はカナダと国境を接しているために、奴隷制の時代には、北の地方は、奴隷制に反対する活動家たちの拠点となり、オハイオ河の向こう岸から逃亡してくる奴隷たちを匿《かくま》い助ける「地下鉄道」の「駅」が点在していた。しかし南の地方では、南北戦争が終了すると、悪名高いKKKが跳梁跋扈《ちょうりょうばっこ》するという具合だった。

ロレインの住民は、アメリカ南部の農村地帯から移住してきた黒人に加えて、メキシコ、イタリア、ギリシャ、アイルランドからの移民で構成されていた。ほとんどが貧しい工場労働者で、肌の色も文化も異なった人々が二十三ブロックしかないこの町に、貧乏という共通の苦労と戦いながら、軒を並べて生きていた。

家族の連帯

父ジョージは造船所の溶接工で、母ラーマも黒人女性でも手にすることができる仕事があれば厭《いと》わず引き受けて、夫婦は四人の子供を育てることに力を合わせた。ただでさえ貧しい黒人家庭をも遠慮なく襲った大恐慌の影響を被って、一家は一時、生活保護を受けざるを得なかった。少女の記憶に残った貧しさの経験は、『一番青い眼』の語り手の少女とその姉の日々の生活から推測することができる。

作品中のマクティア家の人々は揃って石炭屑を拾いに駅に出かけ、幼い娘たちはカブラの食事にうんざりしながら耐え、破けた靴下や貧弱な弁当を、他の少女たちのこぎれいな服装や、しゃれた弁当と比べて意識しながらも、誇り高く元気である。同年輩の子供たちの間で姉妹が目撃していたのは、黒人社会の中でも確実に起きていた貧富の差であり、白人中流家庭の暮らしを理想とした上昇志向である。

　クロイの貧しさの思い出を苦く不毛なものにしなかったのは、家族の愛と連帯である。モリスンの脳裏には、菜園の手入れを終えて手をつないで帰路につく両親の姿や、昼夜兼行で三つの仕事をこなす父親の昼寝の習慣にしたがって、彼とともに寝室に入る母の姿が焼きついている。[*3] モリスンは、アフリカ系アメリカ人の間には、男と女が並んで働き困難と戦った歴史が育てた同志意識《カマラードシップ》の伝統があると考えて、白人社会に根づいた性差別と戦う白人フェミニストと黒人女性の背景が異なることを折りに触れては主張する。この確信は、両親の姿を心に刻み、また、近くに住む母方の祖父母や曾祖母が語る、いわば家族でスクラムを組んで、逆境を乗り越えてきたヒロイックな人生の物語を繰り返し聴いて育った、少女時代の経験に支えられているに違いない。

二　先祖の歴史

両親

　クロイの父母や祖父母の歴史は、アフリカから拉致され、奴隷として生きた人々を先祖とする、すべてのアメリカ市民に共通するサバイバルのための戦いであった。心と肉体、全人間性のサバイバルのためだった。ジョージはジョージア、ラーマはアラバマという、ともに人種差別が最も過酷な深南部の州を故郷に持ち、特にジョージアでの差別の経験は、ジョージの心に生涯消えることのない白人への不信感を植えつけた。

　しかし、溶接工としての腕に誇りを持ち、得心のいく仕上がりができたときは、船側に自身の銘を打つことを忘れなかった父の存在は、娘に、白人社会の出来合いの評価の基準に左右されず、自己の値打ちは、おのれが創りおのれ自身が計るものであることを教えている。高等学校を卒業できた妻と同じ教育の機会には恵まれなかったが、クロイを一族の中で大学を卒業する最初の者とするために、十七年間三つの仕事を掛け持ちでこなした男性である。

　母のラーマは大の歌好きで、「カルメン」のアリアからエラ＝フィッツジェラルドのブルースナンバーまで唱《うた》い、教会の聖歌隊に属していた。また、後にモリスンの作品に登場する女性たちのように、夢や日常の現象から吉凶を読み占う民族古来の習慣も持っていた。正義感の強い勝気な女性だったことは、幾つかのエピソードから推測できる。例えば、生活困窮者に支給された粗びき粉に虫がついていたことに憤慨してフランクリン＝ルーズヴェルト大統領に抗議の手紙を出したことがある。町の映画館に、黒人には座れない席があるときくと（オハイオ州では、南部のようにジム＝クロウ〔乗物や公共施設での法的に定められていた黒人に対する規制〕の制度はなかった）、出かけていって白人の席に座って映画を観て、「あそこに座ったわよ、だから誰だってやればできるのよ」と報告したという。白人から生涯消えることのない心的外傷《トラウマ》を受けることが、大方の黒人に共通する不可避の経験である状況の中で、「傷つきやすさ」と「壊れやすさ」を拒否したのが、この一家だった。

祖母たち

中西部に移住してきたジョージとラーマが出会ったときには、ジョージの両親はすでに死んでいたが、ラーマの両親は健在で、やがて生まれた子供たちの成長に大きな役割を果たしている。アラバマの小作農だったラーマの両親は、成長していく娘たちが、少しでもましな未来を持てるようにと、一家をあげて二十世紀の初頭に北部を目ざした。「大移住《ザ・グレイトマイグレーション》」と呼ばれる、南部から北部に移動する黒人の波が動き続けていた時期である。ケンタッキーまでまず辿り着き、しばらく炭鉱で働いた後、オハイオにやってきた。

この移住のイニシアティヴを取ったのは、ラーマの母である。たった三十ドルの所持金で、七人の子供を率い、道路標識さえ読めない祖母が、未知の土地に安住の場所を求めた勇気に、モリスンは敬愛を惜しまない。この女性の母、すなわちモリスンの曾祖母は、アメリカ先住民の血をひく産婆だった。民間療法に通じ、多くの人々からその技と知恵を求められていた。この曾祖母と祖母そして母が彼女の家で一堂に会したある日の光景を、モリスンは鮮明に記憶している。日頃信頼する母や敬愛する祖母の威風を、子供っぽくすら見せるような曾祖母の威厳に圧倒されながら、少女のクロイは、自分がこの三世代の命を引き継ぐ四代目の女性であることを、誇らしく心に刻んだのである。

男性に服従したり保護を求めたりする習慣とは無縁な女たち、男たちと並んで向かい風を顔に受け、あるいは男たちに先んじて進む彼女たちの姿には、トルースやタブマンの面影が彷彿とする。作家モリスンの人物造型の才が最も見事に発揮されるのは女性像であり、しかも一家の長であるばかりか、共同体の支柱であるような年配の女性、『スーラ』のエヴァ＝ピース、『ソロモンの歌』のパイロット＝デッド、『ビラヴィド』のベイビー＝サッグスのような人々である。「先祖を殺せば、あなたも死ぬ[*4]」というのがモリスンの信条である。

三　黒人文化

物語の習慣

クロイの父母、祖父母そして曾祖父母が南部を離れるとき、サバイバルの意志とともに携えてきたのは、彼らの祖先の三百年の歴史の記憶と文化だった。その証拠に、困難な日々の中でも、一族は彼らの音楽を忘れず、伝わった物語を語り、年寄りを敬い、隣近所の人々と家族同様の互助と信頼の関係を結ぶ、昔ながらの風習を忘れなかった。

モリスンはインタヴューで、「わたしが『教会』『コミュニティ』と言ったり、あるいは『先祖』とか『コーラス』と言ったら、その言葉でわたしが何を意味しているのか理解する批評家が欲しい。なぜならわたしの本はこういうものから生まれ、そしてこういうものが黒人の宇宙観の中でどんなふうに機能しているのかを描いているのだから」[*5]と語っているが、彼女の文学を理解するためのキイワードであるこれらの言葉の意味を知るために、ウォーフォード一族の日常を覗いてみよう。

家庭には音楽が溢れていた。母は家事をしながら唱《うた》ったし、祖父はヴァイオリンを弾いた。彼は生涯に一日しか学校に行ったことがないが、聖書を精読していた。

毎夜の一家団欒《だんらん》では、物語が語られた。しばしば同じ町に住む祖父母や叔父夫婦も参加しての語りの饗宴。「『解放』がやってくる」という大人の奴隷たちの騒ぎに、何か恐ろしいものが攻めてくるのだと思い込んで、ベッドの下に隠れた五歳の頃の思い出を語る祖父。南北戦争後政府から八十八エーカーの土地を下付されながらも、借金の言いがかりをつけられて、白人に奪われてしまった自分の両親の話をする祖母。無作為に聖書を開き、目に留まった言葉を生まれた子供の名にする家族の習慣にしたがって、自分がラーマという都市の名をつけられてしまった顚末《てんまつ》を、ユーモラスに話す母。この興味深い名前のつけ方は、後に『ソロモンの歌』でデッド家の伝統として語られている。

　民話や伝説も繰り返し語られた。なかでも幽霊話《ゴーストストーリー》は、子供たちのお気に入りだった。幽霊話は、超自然の現象を体験したり、死者の霊を身近に感じることができる、アフリカ的想像力の独壇場である。「父の語りが一番上手でした」と、モリスンは回想する。「一番コワイんです。わたしたちはいつも父に一番コワカッタ話をまた話してくれってせがんだものです」[*6]

　幽霊はモリスンの小説の登場人物の一人である。『ソロモンの歌』のパイロットは早くに両親を亡くしたが、彼女の父の幽霊は、身寄りのない娘の前にしばしば現れて知恵を授けてくれる。『ビラヴィド』で母親に殺された幼女の霊は、十八年間母親と同じ屋根の下に宿り、その後は若い娘の姿となって母の愛をせがみ続ける。

　後に作家となる少女は、家族の輪の中で、語りの技術を学んだ。繰り返し語られる物語が、プロットは同じでも、語り手や聴き手、状況の違いによってそのつど新しい表情を持つことも学んだ。南部から身内が訪れて、思い出話に花が咲くときなどは、とりわけそうだった。語り手を囲む聴き手たちは、合の手を入れたり、疑問をはさんだり、進行を促したり、共感のコーラスを送ったりして、物語の展開に参加した。語り手は、巧みに隠喩《メタファー》やイメージを用い、声のトーンや語りのリズムや間《ま》によって、聴き手の想像力を刺激した。コールとレスポンスの絶妙な響き合いは、音楽のみならず物語においても発揮された。

こうして少女は、物語を語る行為を、経験を思考し、それに秩序を与えて意味を見いだし、そこから知恵を得る手段にした民族の伝統を受け継いでいたのである。未来の作家は知らず知らずのうちに二つの言語を学んでいた。一つは本から、一つは家族の団欒から。

共同体の意識

クロイの育った環境には、「孤立」とか「世代間のギャップ」という現代社会の弊害はまだ見られなかった。三世代ときには四世代の血族が、苦しみも愉しみも共有し、隣近所は家族の延長という生活風習のたまものであった。

子供たちはそれなりの役割を課せられて、共同体の一員となることを学んだ。徘徊癖がついた祖父を捜し出しては連れ戻し、死の床についた祖母の枕もとで聖書を読むのはクロイの役目だった。祖父を一緒に捜してくれたり、クロイのお行儀を注意してくれる隣人がいた。家族そして隣近所は、自分たちを取り巻く白人社会に対して、自分たちを護ってきた連帯の習慣を尊ぶ黒人の伝統を忘れていなかった。西欧個人主義の観点から見ればヒロイックな群れを離れた人間の生き方は、この黒人の伝統に照らせば、失敗者のそれと判じられた。

しかし、北部の都市生活者となった黒人の中には、ウォーフォード一家のようには、黒人の伝統的な価値観を護りきれなかった人々も多い。最低の賃金、不安定な雇用状態、消費文明の攻勢などは、短期間のうちに彼らのライフスタイルを崩し、白人文明への同一化を願わせ、その結果自己の帰属感をあやうくした。

モリスンの作品は、このような黒人の経験を描き、彼らのアイデンティティ回復への途《みち》を追求し続けている。

四　出発

ハワード大学

地元の高等学校を卒業したクロイは、一九四九年、首都ワシントンにあるハワード大学に進み英文学を専攻する。ハワード大学は黒人名門大学であるが、第二次大戦からようやく解放されて、小市民的な幸福を何よりも望んでいた当時のアメリカ全般の気分を反映してか、キャンパスの雰囲気は、かなり中産階級的だったらしい。[*7] 女子学生は服装やパーティに心を遣い、学問よりも未来の夫と出会うことに関心を持った。

この学生生活を退屈から救ったのは、大学のレパートリー劇団だった。彼女はこの劇団の一員になって南部での巡回公演にも参加している。劇団が上演するドラマを通じて、中西部育ちのトニ＝モリスンは一九四〇～五〇年代の南部の黒人の暮らし、彼らが経験している差別や貧困の実情を初めて知るようになる。

しかし、トニ＝モリスンの黒人としての意識が真に目覚めるのは、一九五〇年代の半ば過ぎ、テキサスの黒人大学で教壇に立つようになってからである。

コーネル大学大学院

一九五三年、ハワード大学を卒業したクロイは、北東部名門大学の一つであるコーネル大学の大学院に進学し、英文学そしてヨーロッパ文学の研究を続けることになる。一九五五年に文学修士号を取得し、教職を選んで社会に出るのだが、修士論文のタイトルは、「ウィリアム＝フォークナーとヴァージニア＝ウルフにおける孤立した人物の扱い」であった。

この論文は、二つの点で後の小説家トニ＝モリスンの特徴と関連していて興味深い。ウルフもフォークナーも、人間の意識と時間の認識とあり方を探究し、小説の斬新な構造と文体を拓《ひら》いたモダニズムの先駆者である。後にアフリカ系アメリカ文学の特質はその言語にあると主張して、口承文学の伝統に根ざした独創的な文体を創り上げるモリスンらしい惹かれかたである。

論文の中でモリスン（当時はウォーフォード）は、ウルフの『ダロウェイ夫人』、フォークナーの『響きと怒り』と『アブサロム、アブサロム！』を取り上げ、自己認識や自己実現のために主人公たちが選ぶ人間の環《わ》や、連帯からの乖離《かいり》や孤立のあり方を分析しているのだが、個人と共同体の関係は、デビューから今日にいたるまで、モリスン文学の重要なテーマとなっている。

教師として

トニ＝ウォーフォードは、小説家になろうという志を抱いてはいなかった。小説家トニ＝モリスンの誕生は、彼女が結婚と離婚を経験し、二人の幼い息子のシングルマザーとなって、孤高の再出発をした後のことになる。

ローザ＝パークス

テキサス州ヒューストンにある黒人大学、テキサス－サザン大学が最初の職場で、彼女はここで一年半英文学を講じた。

教師として出発した一九五五年は、公民権運動の導火線となった幾つかの事件が起きた年である。前年の一九五四年に最高裁は、公立学校における黒人の隔離教育に全員一致で違憲判決[8]を下し、速やかに共学の実施を各教育機関に命じた。南部各地には、それまでは白人だけが学ぶことを許されていた高校や大学に通学しようとする黒人学生を阻止するための暴力沙汰が起きて日々のニュースになっていた。黒人の政治意識がたかまり、結束力が大きくなるのと同時に、人種差別主義者の暴力もより頻繁となっていた年でもある。

最も有名なのは、八月にミシシッピィ州タラハチ郡で起きたエメット＝ティル事件[9]、そして十二月アラバマ州モンゴメリーで始まったバスボイコット運動である。後者が、白人の男性乗客に席を譲ることを拒否したローザ＝パークス夫人の行為に端を発し、当時無名だったマーティン＝ルーサー＝キング牧師をリーダーとした、モンゴメリーの黒人市民の総力を結集しての運動となったことは、紹介の要のないほどよく知られている。

ボイコット運動に参加した人々の記憶にはこの数ヶ月前、無残に傷つけられた死体となってタラハチ河から引き上げられた十四歳の少年エメット・ティルとその死を嘆き怒る母親の姿が鮮明に焼きついていた。二人の白人の容疑者は、人種差別主義者たちの予想と期待どおり無罪となった。モリスンは三十年後にこの事件を題材にして『夢見るエメット』という脚本を書くことになる。

南部のテキサス州に赴任した若き大学教師は、この土地の黒人の政治意識がきわめて高いのに気づいた。彼女が、黒人文化を一つの思想、一つの学問として意識し、自身の子供時代の経験を個人的な思い出という視野から引き出し、民族の歴史という文脈の中で眺めなおすようになったのは、この頃である。文学の政治性を重視すると同時に、アメリカ社会の人種観が引き起こすさまざまな社会現象に関して鋭い洞察に富んだ発言をためらわない、オピニオンリーダーとしての今日のモリスンの姿勢が育ちはじめた時期と考えられる。

一九五七年に母校ハワードの教壇に立ったモリスンは、「シェイクスピア劇における黒人登場人物」というレポートの課題を出しているが、当時の学生は、この課題に興味を示すほどには目覚めていなかった。しかし、学生の意識もアカデミズムのあり方も激しく変えた一九六〇年代になると、モリスンの教え子の中にはSNCC（全米学生非暴力調整委員会）[*10]の議長となるストークリィ＝カーマイケルのような公民権運動家や、詩人となったクロード＝ブラウンなどの姿があった。

一九七〇年に作家となってからのモリスンが、東部の大学で「創作法」とともに教えたのは、「現代黒人女性作家」である。一九七〇年代は、黒人文学研究者・批評家、そしてアリス＝ウォーカーのような作家によって、ハーストンをはじめとする過去の黒人女性作家の業績を発掘するという、大きな潮流が流れはじめた時期でもある。

近年、批評家としてもモリスンは、黒人文学の批評理論の確立や人種を視点にしたアメリカ白人文学の再評価についての独自の考えを熟成させているが、この背景には、小説家モリスンと並んで大学で教えるモリスンのキャリアがある。

モリスンは、一九六五年から二十年間編集者として働くかたわら、一九七〇年には作家としてデビューするが、その間、一九六四年から七〇年までの六年間を除き教職を離れたことはない。ニューヨーク州立大学、イェール大学などで教え、一九八九年からはプリンストン大学の教授である。

妻として

六年間の結婚生活についてモリスンは、極度に寡黙である。ジャマイカ出身の白人建築家ハロルド＝モリスンと結婚したのは、ハワードで教えはじめてから一年後の一九五八年で、一九六一年にはフォード、一九六四年にはスレードという二人の息子が生まれた。一九六四年の夏、一家でヨーロッパ旅行に出かけたが帰国したときは母子三人だった。離婚についていっさい説明しようとしないモリスンだが、一度あるインタヴューで、結婚生活においてジャマイカの女たちは夫に服従することに馴らされているが、そのような風習とは無縁の家庭に育ち、自身の意志や判断を抑えない自分は、夫にとって「常にうるさい存在だった[*11]」と語ったことがある。

編集者として

二人の幼い息子を抱えて故郷ロレインに一度戻ったモリスンは、一九六五年『ニューヨーク - レヴュー - オブ - ブックス』の求人広告を通して、ニューヨーク州のシラキュースにある教科書出版会社に職を得た。大手出版社ランダムハウスの子会社で、ほどなくニューヨークのランダムハウス社に移籍するという約束をもらっての入社だった。彼女の仕事は、黒人への理解を深めるための数科書づくりの企画だった。

一九六八年にランダムハウスのシニア編集者となったモリスンの仕事もまた、黒人の歴史と文化の認識の伝播や浸透にかかわるものだった。それは、モハメッド＝アリ（旧名カシアス＝クレイ）や、哲学者で公民権運動家そしてフェミニストであるアンジェラ＝デイヴィスの自伝、また、トニ＝ケイド＝バンバーラやゲイル＝ジョーンズのような新しい黒人女性作家、そして前章マーガレット＝ガーナーの項で紹介した『ザ－ブラック－ブック』の出版という形に実った。

自分のために書く

未知の土地で新しい仕事を始めたモリスンは、常に孤独で張りつめた緊張状態にあった。その頃の自分を語るモリスンは、「不幸」と「孤独」の言葉をたびたび口にしている。故郷に帰って親に頼るという安易な途《みち》を選ばなかったのは、まず自分が誰なのか、はたしてどれだけ強いのかを知りたかったのだと、彼女は後に語っている。そして、自分の困難よりも数倍厳しい逆境を乗り切った身内の女たちや、水の上を歩くような不安な生を生き延びてきた、民族の歴史に勇気づけられたのだとも。

モリスンはしばしば、幾種類もの役割と仕事を違和感なくこなし、人を憩わせる港でもあり外界に出ていく船でもある黒人女性の多面性に言及しているが、それは何よりもまず自身に対する激励として自覚された。子育てと複数の仕事を、身内も友人もいない孤立無援の環境でこなす無理は想像に難くない。

この頃に雇ったメイドが白人だったという事実は、時代の変化を示して興味深い。しかし、息子たちの腕白ぶりに働く母親の眼が届かず、近所の白人女性が彼女を「ふしだら女」と呼んだのは、やはり黒人女性のシングルマザーへの偏見があってのことだろう。激怒したモリスンが、この女性を相手どって二十万ドルの賠償を要求して訴訟を起こした事実からも、ストレスが過剰にかかった精神状態を推察することができる。後に彼女は、この訴訟を取りさげた。

モリスンが小説を書き始めたのは、この状況下においてだった。発表の意図があってのことではない。モリスン自身の思索とコミュニケーションの方法として書き出したのだが、やがて書くという行為なしには生きることは考えられなくなる。書くことは、彼女の言葉にしたがえば、世界や経験を「まとまりのあるもの」に表現し、それに「秩序」を与える手段なのである。[*12]

モリスンはこれより二、三年前、まだハワードで教えていた頃、ある創作グループの集まりで、なぐさみ程度の気持ちで一つの短編を書いていた。月一度の会合に、かならず自分の書いたものを持参して朗読しなければならないのが、グループのルールだった。モリスンが書いたのは、青い瞳を欲しがって、神に祈った黒人の少女の物語だった。幼い頃の友だちがモデルである。モリスンはこの物語を取り出して新しい小説に書き直しはじめたのだ。

新しい小説が古い物語と顕著に異なる点は、主人公の少女の友だちを語り手として新しく登場させたことである。この黒人女性は成長した今、青い瞳をほしがって狂ってしまった幼な友だちを、彼女にそのような願いを抱かせた周囲の黒人たちと、そのような黒人をつくりだした白人文明の文脈の中で回顧し、少女を人種差別の犠牲者として眺める視点に立って、読者に語りかける。作者が作品の発表を考えるようになったのは、それが完成にかなり近づいたときだった。

デビュー

処女作『一番青い眼』は、一九七〇年に出版された。批評はおおむね好評で、売れ行きもまずまずといったところだった。例えばこの年の十一月、『ニューヨーク＝タイムズ＝ブックレヴュー』は、ときには凝りすぎる表現や構成の難を指摘しながらも、その欠点を上回る作者のなみなみならぬ才能を認め、世界の醜悪さを醜悪に描くことに熱心な作家が多いなかで、「その醜さの下にある美しさと希望を表現することのできる作家」[*13]にエールを送っている。この年は、すでに二年前に詩集『革命的なペチュニア』を発表しているアリス＝ウォーカーが、最初の長編小説『グレンジ＝コープランドの第三の人生』を上梓した年でもある。

一九七〇年代は、アメリカ文学史上はじめて多数の黒人女性作家を輩出し、今日まだ衰えを見せない黒人女性文学隆盛の幕開けとなった。はからずも、小説の分野でこの時代の先頭に立ったのが、それぞれ異なった作風を持つモリスンとウォーカーである。しかし二人の最初の小説が、人種差別によって黒人の内奥に根を張った「自己否定」、「自己嫌悪」をテーマにしているのは興味深い。

モリスンは二作目『スーラ』を三年後に発表するが、それはウォーカーの短編集『愛と苦悩の中で』が出版された年でもある。

『スーラ』は、一九七五年の全米図書賞の候補作となった。モリスンが創作を自身の天職と考えるようになったのは、これ以後である。

四つの仕事

モリスンは一九七一年にランダムハウスに籍をおいたまま、ニューヨーク州立大学の助教授となり、編集者および教育者としての二つの仕事をこなしながら、四年から五年に一作の割合で、着実に長編を発表していく。

これに加えて彼女には、母親という役割があった。八時には子供たちを学校に送り届け、三時半には迎えに行く日課に合わせて二つの仕事のスケジュールを組んだ後にも、創作の時間を捻出するために行った様々な工夫は、男性優位の社会の中で、止《や》むに止《や》まれぬ情熱にせかされて創作の途《みち》を歩んだ、過去の多くの女性たちが辿った途を想起させる。どこに行くにもメモを持ち歩き、思いついたアイディアはその場で書き留めるモリスンの姿が、フィルムに残っている。まとまった時間をつくるための早起き、社交生活の停止を加えて、子供たちとともに過ごす時間すら惜しまなければならなかった。母親が引きこもってしまった書斎に、特別な用もないのに侵入してくる息子たちの淋しさに気づき、モリスンは彼らに謝りながら、二人が遊ぶ居間で執筆を続けた。

『スーラ』には、女手一つで三人の子供を育てたエヴァ＝ピースが登場する。子供たちと一緒に遊んでやる余裕などなかった母親に、「かあさん、わたしたちを愛したことがある？」と成長した娘が唐突に質問する場面の背後から、母親としてのモリスンが浮かび上がる。

こうした重圧の中で、モリスンは着実に大作家への途《みち》を歩んでいた。商業的にも大成功を収めた三作目『ソロモンの歌』は、全米批評家賞を受賞した。しかし一方では、彼女に対する専門家の評価が低すぎると考える者も多かった。黒人文学の批評理論が確立されておらず、価値観も表現方法も異なった黒人の文学を、白人文学の基準によって計ろうとすることの弊害もあったし、一部には人種的偏見が正当な評価を妨げているのだという声もあった。

そのような声を代表したのが、一九八八年二月二十四日付の「ニューヨーク＝タイムズ」紙の書評欄に掲載された、アリス＝ウォーカーを含む四十八人の黒人作家の署名入りの抗議声明である。すでに発表された全米図書賞の行方がモリスンではなかったこと、そしてピューリッツァー賞の受賞決定を目前にひかえた背景の中で、声明は、これまでに五編のすぐれた小説を発表しているモリスンにピューリッツァー賞も全米図書賞も与えられていないのは、選考委員の手抜かりではないか、と抗議した。二ヶ月後にピューリッツァー賞の行方は、モリスンの五作目『ビラヴィド』に決定したのだが、選考委員の一人は、この決定が外部の状況とは無縁のものであることを強調しなければならなかった。

モリスンは、『カラー＝パープル』を発表したウォーカーの一九八三年の受賞に続いて、黒人女性として二人目の小説部門でのピューリッツァー賞受賞者となった。*14 そして一九九三年にはノーベル賞を受ける最初の黒人女性となった。その間数々の栄誉が、彼女の業績を讃えた。モリスンはこれらの栄誉を彼女個人への賛辞として喜ぶよりも、アフリカ系アメリカ人が築いた文化とその土壌から創造される文学の価値がようやく認められはじめてきた証《あかし》、民族への評価・認識として喜んでいる。

モリスンは活躍中の作家であるし、モリスン文学の研究もまだ成熟期を迎えてはいない。しかし、彼女が過去二十七年間に発表した七編の小説と一冊のアメリカ文学論は、彼女の文学が芸術性とともに、白人優位の社会を糾弾する明確な政治性を具《そな》えて、新しい世界を創造していることを明らかにしている。どんな白人作家もどんな黒人男性作家も創らなかった世界である。

■III章註

＊1　一九三一年三月アラバマ州で起きた。進行中の貨車の中で、二人の若い白人女性に十三歳の少年を交えた九人の黒人の若者が暴行を加えたとされ、無実の罪に問われ不合理な裁判のすえ死刑の判決が下った。レーシストたちの圧力のもとに、信憑性の薄い「被害者」の陳述に頼った裁判に、まもなく世界中から抗議と批判が向けられ、事件は再審され、幾つかの証拠は九人の無罪を明白に示したが、陪審員の評決は有罪のままだった。

＊2　*Conversations*, 59, 158.

＊3　Toni Morrison, "The Site of Memory," *Inventing the Truth : The Art and Craft of Memoir*, ed. William

Zinsser（Boston : Houghton Mifflin, 1987）, 117-118.

＊4　*Conversations*, 73.

＊5　Ibid., 151.

＊6　Ibid., 50.

＊7　当時のハワード大学の雰囲気についてのモリスン自身のコメント *Conversations*, 174. またモリスンは『一番青い眼』で、二十世紀前半の黒人の女子大学を、黒人女性の黒人らしさを追放し、彼女たちにできるだけ白人に近い「洗練されたマナー」を身につけさせて、白人の召使に適した人材に仕上げる機関であることを痛烈に描写している。

＊8　ブラウン対教育委員会事件として知られている。この判決は一九六四年公民権法の成立で、実効性をようやく確かなものにした。エメット＝ティル事件を、この判決が人種差別主義者たちの中に惹き起こした感情の当然予測し得る一つの爆発と考えるものもいた。

＊9　十四歳のエメット＝ティル（Emmett Till）は、シカゴから親戚を訪ねてこのデルタ地帯の町に滞在していたが、たまたま白人女性に口笛を吹いたことが原因で、彼女の夫とその弟に惨殺された。犯人はすべてが白人で構成された陪審員によって無罪。一九五六年の『ルック』誌一月二十四日号に、William Bradford Huie による事件の詳細な記録が掲載され、後に同著者の *Wolf Whistle*（1959）の一章となった。また、Stephen J. Whitfield, *A Death in the Delta*（1988）もある。ジェイムズ＝ボールドウィンとモリスンは、それぞれこの事件をドラマ化している。James Baldwin, *Blues for Mr. Charlie*（1964）. Toni Morrison, *Dreaming Emmett*（1986）.

＊10　Claud Brown 一九三七年ニューヨーク、ハーレムに生まれる。自伝作家・詩人。*Manchild in the Promised*

Land（1960）は、一九四〇、五〇年代の黒人ゲットーを描いている作品として有名。

＊11　*Conversations*, 51.

＊12　Ibid., 30, 45, 90, 119-120.

＊13　この書評は Haskel Frankel による。Nellie Y. Mckay ed., *Critical Essays on Toni Morrison*（Boston, Massachusetts : G. K. Hall&Co. 1988）20-21に再録。

＊14　詩の部門でピューリッツァー賞を最初に受けた女性はグウェンドリン＝ブルックス（Gwendolyn Brooks）で、一九五〇年だった。対象となった作品は *Annie Allen*.

Ⅳ　黒人女性の生を視つめて

一　自分が読みたかった本

誰も描かなかった黒人女性

「私が『スーラ』と『一番青い眼』を書いたのは、私がそれを読みたかったからです[*1]」とモリスンは語っている。彼女がこれらの作品で主人公にしたのは、黒人女性である。『一番青い眼』では思春期から中高年にいたる黒人女性の半生が描かれている。これまで文学の中で黒人女性が、「真面目に扱われたことがなかった[*2]」事実を強く意識したモリスンが生み出した黒人女性たちは、豊かな個性と内面性によって多面的な人間性を獲得し、白人文明に流通してきた黒人女性のステレオタイプを否定している。

原点としての共同体

多彩な黒人群像と彼らが生きているオハイオ州の小さな黒人社会は、モリスン文学の原点であることを強調しておこう。社会通念の犠牲となって、自我の崩壊を迎える『一番青い眼』のピコラと、伝統や慣習に反逆してパリアの死を迎える『スーラ』のドラマは、個と集団の関係のドラマでもあるからだ。

『一番青い眼』に描かれている町は、モリスンの故郷ロレインであり、彼女自身の子供時代の鮮烈な記憶が、通りの隅々まで脈打っているが、架空の町である『スーラ』のメダリオンもまた、生き物の鼓動を打っている。色彩、音声、匂い、触感を伴った詳細な露地の描写、近隣の日常、四季の変化。場所の感覚のつまった濃密な筆致は、読者をその町に住まわせる。

モリスンにとって黒人社会とは何か。それはその成員を黒人の価値観や文化を通して、社会的な存在としての人間に育て、アイデンティティを与える母胎である。今日人々が一般に「社会《ソサエティ》」という言葉によって想起する、法の規則によって辛くも秩序を保とうとする無機的な人間集団と、彼女が考える黒人社会の違いを明確にするために、モリスンは、後者には「共同体《コミュニティ》」あるいは「隣近所《ネイバーフード》」*3という言葉を用いている。それは奴隷制の時代から培った互助と連帯の習慣を重んじ、その存続が、自分たちがいわば大きな家族の一員であるという、成員一人ひとりの自覚にかかっている有機体なのだ。

モリスンの人間模様は、このような共同体のコンセプトを基盤にして展開する。登場人物の幸不幸は、彼あるいは彼女が血脈をともにする共同体と密接にかかわっているのだ。

しかし、実際モリスンが描くロレインやメダリオンの黒人居住区ボトムの共同体は、理想的に機能しているとは言い難い。むしろモリスンは、アメリカ黒人にとってそれほど重要な共同体が、しばしば結束して個々の成員の敵となったり、あるいは無気力に衰弱して崩壊する様子を描き、その原因を追求することにより多くの紙数を費やす。主人公たちの孤立や閉鎖的な生と並行してあらわになる共同体の病弊。両者は合わせ鏡のように、お互いが原因でありまた結果である。

黒人共同体はアメリカ社会の一部（それも黒人人口が十五パーセントをわずかに越えることを考えれば、小さな一部）であること、したがって、この共同体は外的には白人社会に取り囲まれ、内的には否応なく白人文明の消費者であることは言うまでもない。黒人共同体の伝統を脅かしてその存続をあやうくする最大の要因は、それを取り巻く白人社会の覇権であり、黒人が内面化してしまった白人文明の価値観であると、モリスンは考えている。この事実は、二つの手法によって効果的に表現される。一つには、ロレインやボトムで展開される黒人市民の人生が、アメリカ社会全体のパースペクティヴの中に置かれていることだ。

二つの文化

第二には、モリスンの小説の現在の中には、二世代三世代にわたる過去の時代がたたみこまれていることだ。例えば、十一歳のピコラが青い眼を持ちたいと願い神に祈った顚末《てんまつ》は、一九四〇年の秋に始まり、翌年の夏にかけての時間を占めるだけだが、作者はピコラにそのような望みを抱かせるに至った環境が醸成された経緯を、彼女を取り巻く大人たちの現在のみならず、彼らの過去にまで求める。ピコラに母親らしい愛情を示せなくなっているポーリンの背後には、南部の農村から産業都市への移住による生活の激しい変化を、孤立と貧困の中で耐えなければならなかった黒人女性の歴史があり、人の掟を犯してピコラをレイプする父親チョリーの心の風景は、初めての性行為を白人の男たちの集団に見つかって弄《もてあそ》ばれ、孤独と不安の癒《いや》しを求めてようやく見つけ出した実の父親には、一顧だにされなかった少年の日にさかのぼる。

また、『スーラ』の読者は、メダリオンの町の黒人居住区、通称ボトムにたたみこまれている歴史が、全登場人物の人生の総計を上回るドラマに満ちていることを実感する。このようにモリスンの小説の中に蓄積された過去は、それが個人の変貌であれ、町の歴史であれ、白人文明の暴力的な支配の痕跡を遺している。黒人の個々のアイデンティティを、また共同体を、内外から崩壊させていく白人文明。この破壊力に抵抗できるものは、黒人独自の精神的伝統と価値観をおいてほかにない。最初の二作品では、黒人社会に対する白人文明の破壊的な浸透力と、それにもかかわらず日常の中に息づく黒人文化のエネルギーとの力関係が、ドラマティックに描かれている。

『一番青い眼』では、ピコラを「醜い」と判定する白人文明の美の基準と対置されるものは、黒人特有の感性「ファンキーネス」である。一方『スーラ』において、スーラを一方的に悪と断じるキリスト教的道徳律は、アフリカ的宇宙観によって、絶対的な権威をあやうくする。読者は、登場人物の葛藤を通して、黒人社会に浸透する白人文明の影響を見ると同時に、ファンキーネスやアフリカ的宇宙観というレンズを通して、逆さに映し出される白人社会の通念を改めて吟味する。

二　『一番青い眼』

主人公の名は、ピコラ＝ブリードラヴ。彼女は、自分の眼がハリウッド映画の子役シャーリー＝テンプルのような青い瞳に変わることを真剣に祈った。家族に、そして友だちに愛されるために。

たった一つの美の基準

青い眼を持ちたいという願望をピコラに抱かせたのは、白人の優越性の神話を受容している周囲の環境である。白人の肉体的特徴を人種を越えた美の基準とし、そのライフスタイルを、文化の違いを越えてモデルにしてしまう精神風土の中で、人々は、貧しくいじけたピコラに望ましくない自身の「黒さ」を投影し、彼女を「醜い」と断じてしりぞけた。

ピコラを愛した数少ない人々は、この自己嫌悪から自由である。しかし、彼女たち（語り手のクロウディアと姉のフリーダと彼女たちの母親、三人の娼婦たち）の優しさは、排除と差別の論理によって優越感を味わおうとする共同体の敵意の前には無力だった。また、無法者の自由を生きるピコラの父親チョリーの衝動的な愛の表現は、近親相姦と妊娠というさらなる不幸を生み出し、町の人々に、少女を犠牲の山羊《スケープゴート》として、共同体の同情と援助の外に追放する機会を与えただけである。

ピコラの物語は、クロウディア＝マクティアの回想という形をとっている。九歳から十歳にかけての一年間、ピコラの級友として彼女の受難を目撃したクロウディアは、二十数年の歳月を経た現在、大人の認識を通して、少女と少女を取り巻いていた世界を回顧する。

語り手の罪意識

「息を殺して秘密にしていたんだけど、一九四一年の秋にはキンセン花は咲かなかった」と、読者を打ち明け話に引き込むように語りだすクロウディアの声に響くのは、怒りと罪の意識である。一人の少女を狂気に追いやった権力に対する怒り。彼女を生贄《いけにえ》の山羊にした共同体の一員としての罪の意識。一九四一年、十歳のクロウディアは、誰にも祝福されないピコラの赤ん坊の無事な誕生を祈って、姉とともにひそかにキンセン花の種を蒔くが、花は咲かず、ピコラの赤ん坊も生き延びることはできなかった。このことを、種の蒔き方が間違っていたせいだと思い込んで、自らを責めた当時少女だった語り手は、今、ピコラのような少女の人生を破壊する社会という土壌の不毛を思い、それに何の手も下さなかった自分たちの責任を痛いほど感じている。

語り手は回想の最後を、ヒマワリが咲き乱れるごみ捨て場の中を、飛べない小鳥のように徘徊するピコラの姿で結ぶ。ピコラは「この世のすべての廃棄物と美しさの中を――それは彼女自身でもあったのだ――歩いていた」と、語り手は述懐する。それは、「わたしたちが彼女の上に投げ捨てて、彼女が吸収してしまったあらゆる廃棄物」であり、その美しさは、「最初は彼女のものだったのに、彼女がわたしたちに与えてくれたすべての美しさ」だったのだ。そして、「彼女を知っていたわたしたちは、一人残らず自分たちの汚れを彼女になすりつけた後で、完全無欠な健やかさを味わったのだ」と断言する。そのとき読者は、クロウディアが、彼女の物語の聴き手である自分たちをも、「わたしたち」の中に含めていることに気づくのだ。

否定する視線

ピコラは、彼女を醜いと思う人々の視線に囲まれて生きている。生まれたばかりのピコラを母親のポーリンは「醜い」と確信し、級友は彼女を「ニガー」呼ばわりして苛《いじ》め、先生はできる限り彼女から目を逸《そ》らす。級友ジュニアの母親ジェラルディンは、ピコラに、生涯恐れ拒み続けた黒人の惨めさを見てヒステリックに錯乱し、ピコラにキャンディを売る駄菓子屋の主人は、少女の姿を瞳に映すことすら拒んでいる。駄菓子屋の主人を除いて、彼らはみな黒人である。黒くて貧しい劣った人種という、白人の通念の中にある自分たちの映像を、自分たちの真の姿として受け入れてしまった人々は、最も無防備な少女に、自分たちの不運な呪いを背負わせてしまったのだ。

蔑視と嫌悪の視線に囲まれた少女は、肯定され愛される存在になるために必要なのは、白人のようになることだと信じ込む。現に肌の色の薄いモーリン＝ピールは、より白人に近いので「可愛い」とされ、クラスの人気者なのだから。ピコラは、金髪碧眼の子役スター、シャーリー＝テンプルの顔のついたマグカップにしがみついて三クォートの牛乳を飲み続け、白人少女マリー＝ジェインの絵柄で包まれたキャンディを買うのを、秘かな愉しみとする。そして遂には、青い眼を授けてくださいと神に祈り続け、町の似非《えせ》占い師の言葉によって、願いがかなったと信じ込むにいたる。

黒さを醜いと断じる人々の眼に映る白人の美の基準は、富と権力に裏打ちされている。ポーリンが耽溺したハリウッド映画がその好例である。銀幕の上で、肉体的な美しさが物質的な豊かさに囲まれて愛に恵まれるとき、ポーリンにとって美しさは美徳と同義になってしまう。

自分ならざるものになりたいという切望が、自己否定から自己崩壊につながることを、この作品は様々な人物を通して示している。ピコラがその最も顕著な例であるが、ピコラの母ポーリンもジェラルディンも、ピコラを苛める子供たちもまた、この崩壊にいたる病に捕えられている。

黒人の階級化

白人的美への願望は、奴隷制という過去を共有し、貧困と差別という共通の逆境においては平等だった黒人の間に階級化の兆《きざ》しが見えはじめたときに顕《あらわ》になった。モリスンの眼には、黒人中流階級の誕生にともなった黒人自身による黒人の蔑視という風潮が、黒人共同体を破壊していく様子が映っている。それは、互助と連帯の精神が、競争と迫害の精神に変わるプロセスでもある。一九四〇年代のロレインのような小さな町でさえ、大人も子供も、自分たち同士の差異を、肌の色の濃淡《カラーリズム》と貧富の差（語り手のクロウディアの表現を使えば「家持ちの人種《プロパティドピープル》」と「借家住まいの人種《レンティングピープル》」）で識別し、それを即上下の序列と認識して反応している。店先《ストアフロント》を借家住まいにし、いかにも黒人らしい容姿を持つピコラとその家族は、彼らの評価の梯子の最下段に位置し、したがって「醜い」と判断されることになる。「家持ちの人種」に属するジェラルディンは、自分たちを「有色人種《カラード》」、ピコラたちを黒人の蔑称「ニガー」と呼び、できる限り「ニガー」と距離を置き、共同体意識を否定する。

白人文明の悪夢

貧困と差別から脱出しようともがく黒人の幸せのモデルが、商品のコマーシャルや映画にそして学校の教材に氾濫している白人中流家庭の清潔さと豊かさのイメージからつくられている状況は、黒人の中にある自己否定の傾向をさらに助長し続ける。この黒人社会を囲む白人社会という関係は、ブリードラヴ家の物語とそれを額縁のように取り囲む初等読本という構成に、痛烈に視覚化されている。ディックとジェイン、そして優しい母親と強い父親のいる白人中流家庭を解説する読本の一節は、物語が始まる以前に読者の眼に映る。作中、その幸せそうな光景は切断され判読不能になった活字の羅列となって、ピコラの物語が進行する七つのセクションのキャプションとして用いられ、ピコラの無残な経験とのグロテスクな対照をつくりだす。

読本の中のジェインとディックと異なり、ピコラは酒乱の父親と、彼を責めてやまない母親が繰り返すすさまじい夫婦喧嘩の中で、息をひそめて生きている。母親は自身の家の家事への熱意も、子供への関心も失っている。彼女が入念に磨き上げるのは、メイドとして働いている白人の台所であり、黒人の伝統的なケーキである黒いちごのコブラーを焼くのは、仕えている主家の金髪の娘を喜ばせるためである。訪ねてきたピコラが、あやまってケーキの器をひっくり返したとき、黒いちごの汁にまみれた実の娘を「私の床」を汚したと叫んでしたたかに折檻し、コブラーをまたつくってあげますからと主家の娘を慰めるポーリン。

南部から中西部への移住は、ポーリンを変貌させた。根なし草の孤独、消費生活の刺激、ハリウッド映画への逃避と耽溺の過程は、白人の価値観の内面化の経路であり、主家の台所でのポーリンの倒錯した姿は、その内面化の骨頂を示している。

失われた感性──「ファンク」

ポーリンには、その昔南部で野原を駆けめぐり、ポケットの中で潰れた黒いちごの汁に体を染めた少女の頃の幸せな思い出がある。人種意識から自由だった少女にとって、汚れは彼女の意識を占める感覚ではなかった。彼女の汚れに対する脅迫観念は、白人文明の中で「白さの清潔」を学んだときに生まれたものであり、ピコラを折檻するポーリンは、無意識のうちに幼い頃の自身を否定しているポーリンである。

ポーリンの記憶には、まだ故郷にいた頃に経験した至福の感覚が、色彩のイメージになって残っている。皮膚に染み通った黒いちごの紫、母親が野良から帰る父親のためにつくったレモネードの黄色、闇に流れ飛ぶ蛍の緑。口笛を吹きながら現れたチョリーとの出会いは、これらの色彩が混ざり合ったような戦慄を彼女の身の内に起こした。ポーリンは無意識のうちに、絵の具やクレヨンを欲しがっていたのだと推測する全知の語り手の言葉は、自身の感性こそ自身の生の価値を創る源泉であるという自覚のないままに、無抵抗に強者の価値観を受け入れた多くの黒人庶民に潜在していたはずの、創造的な才能を想起させる。

白人文明に同化するために、黒人が自らの内から駆逐しようとする人種的感性を、モリスンは「ファンク」あるいは「ファンキーネス」という言葉で要約している。この言葉は、白人文明の文脈の中では、いやな匂いや洗練されない泥臭さを意味するが、黒人文化の文脈の中では、相反する要素を受容混合させる生命現象であり、それに感応する知覚の喜びを示唆する。それは例えば、ポケットで潰れた黒いちごの果汁に身体を染める幼いポーリンの喜び、自分の吐瀉《としゃ》物の形状や色彩に不思議な美しさを発見し、どろんこ遊びでつけた汚れを洗い落とされて、「想像力に欠けた清潔さ」に押し込められることを嫌うクロウディアの感性を表現し、また、クロウディアの母親が唱《うた》う、惨めさと甘美さの双方をないまぜにしたブルースを形容する言葉である。

清潔の美徳

モリスンは、この人種的特質を意識的に排除するジェラルディンを描いている。彼女が「黒い白人」になるための仕上げとして黒人女子大で学んだのは、「振舞方《ふるまい》」である。家父長制社会にふさわしい白人女性の理想像をモデルに、「振舞方」を身につけることは「ファンキーネス」の抑圧を意味する。「忌むべき情熱のファンキーネス、自然の生み出すファンキーネス、広範囲な人間感情のファンキーネス」と、抑圧すべき現象が列挙される。体や声で黒人らしい感情表現をすること、黒人の身体的な特徴までもが目立つことを恐れて、笑い方、歩き方、口紅の塗り方までも白人のマナーに従わせる努力は、モグラ叩きのように生命の自然な発現を抑え込む。黒さは彼女にとって恥ずべき汚れでしかない。

「清潔」に対するジェラルディンのオブセッションは、ポーリンのそれと同様、彼女から愛する能力を奪っている。整頓と掃除の行き届いたこぎれいな家の中で、彼女が安心して愛撫できるのは、小さな黒猫だけである。

美醜を決める権力と自己否定

「醜いニガー」とはやしたてる黒人の子供たちから、敢然とピコラをかばうのは、クロウディアとその姉フリーダである。九歳のクロウディアは、色の薄いモーリン＝ピールを美しいとし、より色の黒い自分たちを醜いと決めているのは、目前の子供たちではなく、目に見えない制度の大きな力であるのを感じながらも、自己嫌悪とは無縁である。その力によって世界中のモーリン＝ピールが可愛らしいと賞賛されても、「わたしたちは、それでも自分たちが好きだった……自分たちが価値のないものだと言われることに合点がいかなかった」と語り、「自分たちの皮膚に包まれて心地よく」、「五感の伝えてくれるニュースを愉しみ」、「わたしたちの垢に感心する」ことに生きていることの充足を味わっている。

姉妹の家庭は貧しく、彼女たちは「持てる者の傲慢さ」をひけらかす友だちの間で、日々羨望や憎しみの嵐を秘かに経験しているのだが、貧しさゆえの情況すら遊びや冒険の種にする想像力によって、心は豊かである。クリスマスには何が欲しいかをではなく、何を感じたいのかと、大人に聞いてもらいたいと考える九歳のクロウディアは、幸せとは「持つこと」ではなく、「感じること」だとすでに知っている。

黒人の価値観

クロウディアのアイデンティティを、確かなものにしているのは何か。それは、彼女の両親マクティア夫妻の愛であり、また、二人の行動規範になっている黒人の価値観である。彼らがつくっている家庭は、夫婦喧嘩に明け暮れるブリードラヴ家と対照的であることはもちろんだが、ピコラのセクションのキャプションになっている、初等読本のジェインとディックの平穏な白人家庭と同種ではない。娘たちは両親の愛を、貧困と戦い続ける二人の厳しい表情、ときには荒々しい声の下から感じとらなくてはならない。

酒乱の父親に家を焼かれたピコラを、一時的に預かったのはこの家族である。読者は、ピコラを挟んで一つのベッドに眠る姉妹や、初潮を迎えたピコラの面倒を実の母親のように見るマクティア夫人の様子に、ようやく共同体が本来持っていたはずの姿を見る。ピコラを自分たちの一人として受け入れてくれるもう一つの家族は、三人の娼婦たちである。彼女たちはブルースを唱《うた》い、話に興じる自分たちの輪の中に、孤独な少女の居場所をつくってやることをためらわない。しかし、この小さな二つの集団のささやかな善意では、防ぎ切れない偏見がピコラを取り巻いていたのだった。

自己表現をする人々

チョリーの少年時代を語る全知の語り手は、南部の村の伝統的な共同体の日常の片鱗を描いて、ロレインとの比較を可能にしてくれる。両親に捨てられたチョリーが、叔母の手一つで成長できたのは、家族の延長のような近隣の人間関係が、ロレインのそれより緊密で安定していたからだと想像できる。

彼が、ジャズ-ミュージシャンが楽器によってしか表現できない屈辱・哀しみ・暴力に満ちた経験を経て、「危険なほど自由な」無法者になったのは、共同体の保護を離れてさすらい人になった後である。

人間家族の意識によって支えられた共同体こそ、黒人の全人間的な成長とサバイバルに不可欠な土壌だと考えているモリスンは、共同体の中での黒人文化による自己表現を、健やかな人間性の証《あかし》として重視する。それは、人を苦悩の一方的な犠牲者から、経験に形と意味を与える創造者に変えるからだ。クロウディアは、自分の母親が持っていきどころのない貧しさへの怒りを、ブルースを唄《うた》うことによって昇華させていくのを目撃する。彼女が人生の苦痛を唄う様子は、「聴いているわたしに、苦痛は耐えることが可能なだけでなく、甘やかなものであるという確信を残した」と語られる。また、チョリーの故郷の村の老女たちは、物語るという手段を持っている。隷属と苦渋の過去を手に取って、それを「彼女たちが自分たち自身のイメージに再創造して」語るとき、彼女たちは自らの人生の主人公であり創造者になれるのだ。

クロウディアにとって、言葉は武器である。喧嘩においても口達者で、その雄弁を、自己を主張するためにも、ピコラを守るためにも、果敢に駆使する。一方ピコラは、外界の暴虐を無抵抗に吸収したまま、異常なほど寡黙である。彼女は唱わないし語らない。「そのこごめた背柱に棒を差し込んで、無理にでも真っすぐ立たせ、惨さを通りの上に唾のように吐き出させたかった」と、クロウディアにじれったく思わせるほど、苛《いじ》めっ子の悪態にも応酬できない。この寡黙さは、父親のレイプと母親の不信に出会って、完全な沈黙と狂気に変わる。レイプの衝撃に加えて、それを語る自分の言葉を母親に信じてもらえない絶望感は、彼女を鏡の世界に追いやるのだ。青い眼を持ったと信じ込む少女は、鏡に映る自身に、自身の肯定と受容を要求するしかないのである。

ペルセポーネとピロメーラ

父親のレイプを受けて、沈黙の世界に置き去りにされるピコラは、同様の運命を背負うギリシャ神話の中の二人の女性を想起させる。伯父にあたる冥界の王ハーデースに掠奪されたペルセポーネと、義兄テーレウスに凌辱されたうえ、舌を抜かれたピロメーラである。

ハーデースの妻にされたペルセポーネが、一年の半分を地上ですごせるようになったのは、彼女の母である豊饒の女神デーメテルの愛と力であるが、ピコラにはそのような母はいなかった。[*4] 一方舌を抜かれたピロメーラは、自分の受難を布地の模様に織り描いて姉プロクネーに伝え、ピロメーラに代わってテーレウスに復讐したのはプロクネーである。ピロメーラは、ナイチンゲールに変身してなお自らの物語を語ろうとしてさえずり続けるのだが、ピコラは飛べない鳥のようにごみ捨て場を徘徊する。

ピコラは、デーメテル的母もプロクネーのような姉も持たないで、ペルセポーネやピロネーラのような悲劇を生きなければならない。「母のない娘」たちの状況は、モリスンのみならず、多くの黒人女性作家が強い関心を抱くテーマである。ハーストンの『彼らの眼は神を視つめていた』のジエイニィや、ウォーカーの『カラー・パープル』のセリーがおかれている立場は、ピコラのそれと同種のものである。「母のない娘」であることが歴史的宿命でもある彼女たちに与えられているのは、自らの力で自らの生を暴虐者から奪回し、自らの物語を語る言葉を見いだす戦いである。[*5]『一番青い眼』のピコラによってはじめられた、モリスンの描く「母のない娘」の戦いは、様々な形で、その後の作品を通じて継続していく。

三　『スーラ』

女の友情

　黒人女性は、人種と性の偏見の犠牲になることから逃れることができないのか。社会通念の制約を越えて、全き人間としての成長を望むことが許されないのか。『一番青い眼』は読者にこんな疑問を抱かせる。『スーラ』はこの可能性を、スーラ＝ピースとネル＝ライトという対照的な性格を具《そな》えた女性の友情を通して探っている。

　ネル＝ライトは表面的には道徳的に「正しい《ライト》」、常識的で平凡な女性であるが、モリスンはスーラ＝ピースを、社会の規律や慣習よりも、自身の欲望を重んじる型破りな女性につくりあげている。スーラは、ピコラのように社会に定義されるのを拒む。意のままに生きることによって自己を創造しようとした女性だが、その結果、共同体から「悪」と呼ばれる存在となってしまう。

　モリスンは、黒人の中には、禁忌《タブー》を犯して生の冒険を重ねる放浪型の男性が存在することに強い関心を持ち、自らの作品の中にもこのタイプの一連の登場人物を、「金色の眼」を持つ男として造型している。良き夫にもなれず、父親としての振舞《ふるまい》方も知らなかったチョリーは、その最初の一人であるが、スーラは女性ながら「金色の眼」をした一人なのである。

　スーラとネル。作者は二人を、一つの体に、正反対を向いた二つの顔を持つローマ神話の双面神ヤヌスにたとえる。多くのことを共有し、しかも正反対の面を持つ二人。彼女は「この二人が一つになれば素晴らしい一人の人間ができあがったであろう」[*6]と語っている。両者が補い合い守り合えば、スーラは、人々との共感の絆を失って共同体のパリアになることもなく、ネルは、世俗と体裁にしがみついた生活に自身を閉じ込めることもなく、二人とも創造的な人生が築けるはずだった。

現実には、それぞれ異なった生き方を選んだ二人は、それぞれの短所を致命的にまで助長することになるのだが、読者はいわゆる「善人」と呼ばれる人間を代表するようなネルと、「悪人」のレッテルをはられたスーラの相反する行動と思考を通して、「悪」とは何かを新しい位相から考えるという知的冒険に誘われる。

アフリカ的空間ボトム

この冒険は、作品に流れる半世紀に近い歳月とアフリカ的宇宙観が息づいている共同体の空間を得て、ダイナミックに広がっていく。

メダリオンの町の丘の上にある共同体は、肥沃な低地を意味するボトム。この逆説的な呼称は、奴隷制の時代に起きた狡猾な主人と奴隷との間に行われた取り引きにまつわる伝説に起源を持つ。約束した肥沃な低地を惜しんで、丘の上の荒地を、「天のボトム」だと言って押しつけた主人と、この条件の悪い土地にしがみつきながら、ふもとの白人を見おろして、忍従といささかのアイロニーを含んだユーモアをもって生きた奴隷とその子孫たち。伝説は、不当に扱われ続けたアメリカ黒人たちの歴史そのものを暗示する一方で、トップをボトムに、ボトムをトップに逆転させる視点や発想によって生き延びてきた、この民族の宇宙観を予感させる。ボトムは超自然の現象が継起する、神話的磁力に満ちた領域である。それは、夫をスーラの気まぐれから寝とられ、犠牲者の役割を長年演じ続けたネルに、「善だったのは、もしかしたらあんたじゃなかった。あたしだったかもしれない」というスーラの言葉を真実にし、スーラが死んで二十五年後に、彼女の魂に木立の中から呼びかけられたネルが、感性の死から甦ることを可能にする世界である。

物語を始めるにあたって、語り手がまずしなければならないのは、この世界を回想によって呼び起こすことである。なぜなら、「かつて隣近所があった」と語り手が指す丘に今ひろがっているのは、ボトムの生活史や二人の黒人女性の物語を思い出させる痕跡など、いっさい消し去った市営のゴルフ場だからだ。

二つの喉と一つの眼

突然の熱烈な友情で結ばれた十二歳のネルとスーラの状況は、次のように語られている。

どちらもその何年か前に、自分たちは白人でも男性でもなく、あらゆる自由と勝利は自分たちには禁じられていることを発見してしまっていたので、少女たちは、自分たちがなれる何か他のものを創り始めていた。二人の出会いは幸運だった。というのも出会いは、二人が互いに相手を成長の土台に用いることを可能にしたからだ。関心のうすい母親と理解不可能な父親（スーラの父親は死んでいたし、ネルの父親は家にいなかった）の娘たちだったので、二人は互いの眼の中に自分たちが捜していた親密さを見つけ出したのだ。

「自分たちがなれる何か他のもの」とは、作者がインタヴューで再三用いている表現を使えば「全き人間《ホールマン》」である。少女の頃、「何になりたいか」という問いに対するモリスンの答えは、職業や身分の概念ではなく「欠けることのない人間[*7]（ホールマン）」という言葉でしか思いつかなかったという。二人の少女もそのような大人に成長するために、自らの五感を通した経験と認識に基づいて世界を発見するという冒険に従事していたのだ。「二つの喉と一つの眼」になっていた頃の二人は、互いに考えていることが、どちらの発想か区別がつかないほどだった。こうして、大人たちの偏見を通過せずに届く生の知識は、豊かな可能性を持つ自我の形成をもたらし、彼女たちは、一人で人生を戦わなければならなかった祖母や母たちより、より良い人生が築けるはずだった。

母たちとの距離

少女たちは祖母や母たちを生き方のモデルに選んでいない。それどころか、二人はそれぞれのトラウマティックな出来事を境に、母と自身の間の大きな距離を認識する。ネルは十歳のとき、完全無欠な淑女を装っていた母の威厳が、人種差別の前にはまったく無力であることを目撃し、スーラは十二歳のとき、自分の存在に母親が強い関心を持っていないのを発見した。また、ライト家の極端なまでに社会通念にこだわる堅苦しさは、ネルの想像力を枯渇させ、一方ピース家の放縦さは、スーラの内面に自我が育つべき中心を与えない。この対照的な家風は、黒人女性の尊厳など一顧だにしない社会で、どうにかして侮られない存在になるために、少女たちの母や祖母が選んだライフスタイルの結果であり、彼女たちの強固な意志と個性の表れでもある。

ネルの母親エレーヌは、ニューオリンズで娼婦をしている母親の「野性の血」が自身に現れるのを恐れて、白人中流家庭の忠実な模倣者となり、行儀作法と体裁の中に、人生を押し込めている。性は彼女にとって結婚のための手段でしかなかった。しかしネルは、母親がかくまでして保とうとする淑女の体裁が、一歩ボトムの外に出れば、侮辱のこもった白人の一瞥《いちべつ》で崩されてしまうのを目撃する。そのうえネルは、権力のつくった基準の外に生きる祖母に、かえって自在な精神の優雅さを感じとる。この二つを発見したのは曾祖母の葬儀のためにニューオリンズへ旅したときである。旅から戻ったネルは、母からの自立を自らに宣言するかのように、鏡を覗き込んで「あたしはあたし」と繰り返す。

エレーヌが因習にしがみつくことで、社会の中に安全な居場所を確保したのに対して、スーラの祖母エヴァと母ハンナは、因習の束縛を拒むことで、誰にも隷属しない人生を生きている。彼女たちは、結婚という制度の外に、自己の存在を確立し、しかも共同体の男たちにとっては魅力的な女性であり続けるという、当時にしてはきわめて斬新な女性像を示すのだ。エヴァの自由は、彼女が手に入れた経済力によって、ハンナの自由は、性を結婚生活の安定を得るための代価と考えることから解放することによって、可能になっている。

エヴァの変貌は、寒さと飢えの中に夫に置き去りにされたことが契機となった。三人の幼い子供を隣人に預けて行方知れずになり、十八ヶ月後に片脚で戻ってきたとき、失った脚の代わりに持っていたのは、家族の生活を保証する資力と、強い自我である。そして、大きな家を建てて多くの下宿人を置き、行き場のない子供を引き取り、彼女を崇拝する男たちに囲まれて暮らす生活を築く。しかし夫に虐待されていた無力な妻が、自恃にあふれた女家長に変身したとき、彼女の自我は、乱雑に建て増しされていく彼女の巨大な家のように肥大し、神のような権力を家族の上にふるうことをためらわない。

第一次大戦から復員した息子のブラムがコカイン中毒になっているのを知ると、息子の体に火をつけて殺すことを自分に許す自我である。スーラはこの祖母を密かに恐れ、スーラの母ハンナは、自己犠牲と母性愛の証《あかし》のような彼女の片脚を見ながらも、自分は娘として本当に可愛がられたのだろうかという疑問を抱く。

そのハンナもまた、スーラが愛についていかなる確信も持てなくなる原因をつくる。母親の放埒《ほうらつ》な男関係は、娘に「性は楽しくて、しょっちゅうあることだけど、たいしたことじゃない」と思わせ、また母親が近所の女たちに、娘を愛してはいるが、「好きじゃない」と洩らしているのを立ち聞きしたことは、スーラに信頼できる他者など存在しないと思わせるにいたっている。

無垢の終わり

母たちの無言の批判者、母たちの知らない心を育てている娘たちは、十二歳のある日、あやまって幼い男の子に突然の死をもたらすことによって、無垢《むく》の時代の終わりを迎える。土手の上で遊んでいた二人は、たまたま出会ったチキン＝リトルをからかう。スーラが彼の手を取ってその体をくるくる振り回しているうちに男の子の手がはずれ、彼は一瞬のうちに眼下の河の中に姿を消してしまったのだ。傍らにいたのはネルだけである。ネルは平静だったが、スーラは取り乱して泣き続ける。この不意の出来事は、母親の思いがけない心境を立ち聞きした直後に起こっていて、スーラは一日のうちに、信頼できる他者がいないばかりか、信頼できる自己も存在しないことを実感しなければならない。その結果スーラは、人格形成の起点を失うのだ。一年後スーラは、庭の焚《た》き火がハンナの服に燃え移り、ハンナが飛びはね転げまわる様子を、興味深げに眺めている。

チキン＝リトルの死は、二人だけの秘密に留まり、それぞれの記憶に鮮明に生き続けているが、この事件を通しての少女たちの自己認識の違いは、後の彼女たちの生き方を左右する。スーラの罪の意識は、彼女に大胆な背徳者の生き方を選ばせ、自分はチキンの死に責任がないと思っているネルは、自身の内の「悪」に気づかない。

ネルが結婚を選び、スーラが共同体から姿を消すのは二人が十七歳のときで、スーラが、駒鳥の大群の襲来という異常な自然現象と申し合わせたように、突然戻ってくるのはその十年後である。

両極端な生

ボトムに生き続けたネルは、制度や習慣に盲従して生きる。彼女は、白人社会から一人前の男性として扱われない夫の、傷ついたエゴを癒す鏡の役割から一歩もはみ出さない主婦に留まっている。一方、男遍歴を重ね「自身の思いや感情を百パーセント解放して、それを探究することに人生を使った」スーラは、道徳観の欠落した生の実験者となっている。帰郷早々に、共同体の伝統に背いて祖母エヴァを老人ホームに追放し、単なる気まぐれから、女たちの夫を次々と性の対象にするスーラ。赤ん坊をつくる代わりに、自身をつくるのだと祖母に宣言した彼女自身の意志以外に行動の指標を求めない生き方は、彼女を、真の自己実現やアイデンティティの獲得とはかけ離れた死に至る途《みち》へと導いている。社会との関係性の外に、単独で行う自己の創造はあり得ないからだ。モリスンは作品の中で、スーラを、好奇心・想像力に恵まれながらも表現方法を持たない芸術家のようだと言っている。*8 彼女の才能は創造活動を行う代わりに、チョリーのように、秩序の危険な破壊者として働くのだ。「最も他者に、同時に自己に近い存在」であるネルを求めて戻ってきたスーラと、彼女と再会して「知覚が戻ったような」精神の蘇生を経験するネルが創り出すかにみえた、「全き人間」としての成長のチャンスは、二人の友情の崩壊によって失われる。

失われた半身

スーラは、ネルの夫ジュードとの不倫の現場をネルに発見されるが、ネルの怒りがわからない。妻の夫に対する「所有者の意識」は、彼女にとって無縁のものだからだ。一方いとも簡単に「去っていった」夫を、スーラに「奪われた」と表現するネルは、女友だちの裏切りにあった不幸な被害者の役割を演じることになる。そしてこの被害者意識は、ネルの成熟を遅らせる。ネルを健気な母、善良な教会員、悪しきスーラの対極に立つ模範的な共同体の一員として振る舞わせている殉教者的意識は、日常の表層を破って内部に向かう厳しい自己省察を妨げるからだ。愛を失ったことをではなく、変化と孤閨《こけい》を恐れて、不毛な結婚生活の終わりを嘆いた中年女が、「真に生きる」ために行わなければならない生の深みへの下降は、犠牲者などという役割を捨てた、自立した生の探究者によってのみ可能なのである。皮肉なことに、このような省察は、社会通念から自由なスーラと、少女の頃のように一つの視点を共有することによって、初めて可能になるはずだった。

善の中の悪・悪の中の善

一方、道徳的半身とも呼べるネルを失ったスーラの生き方も虚しい。やがて彼女と同じように、「金色の眼」をしたエイジャックスに生涯に一度の所有欲を覚え、「普通の女」のように振舞ったためにその愛を失ってしまうと、かつての生への貪欲な好奇心も冒険心をも失う。スーラは、「ありったけの歌は唱《うた》ってしまった」と言って死んでいく。死の床にあるスーラの心を占めているのは、ネルである。トンネルを通って水中に落下する臨終の体験すら「ネルに話さなければ」と、かすれていく意識の中で考えるほど、ネルの存在は大きい。

死の床にあるスーラと、スーラを見舞うネルとの間でかわされる会話は、善悪正邪について、二人が正反対の論理と見解を持っているのを示している。「あなたによくしてあげたのに」、なぜ愛してもいないのに夫を奪ったのかと親友の忘恩をなじるネルは、スーラの眼には友情に値段をつけているとしか映らない。そして、自らが善であるというゆるぎないネルの確信に疑問を投げかけ、「善だったのは、もしかしたらあんたではなかったのよ。あたしだったかもしれない」と反駁《はんばく》している。

これは読者にとっても挑戦的な発言である。なぜならボトムに戻ってからのスーラは、この共同体の人々から、不幸や災いをもたらす悪魔の化身と考えられるようになっているし、彼女自身も、地獄への落下も辞さない生き方を選んでいるからだ。スーラの脳裏に浮かぶのは、自分の手から笑い声を立てて離れたチキン＝リトルを飲み込んで閉じた水面であり、火だるまになった母親を「眺めていた」自分の姿である。自身の罪を知るスーラの眼には、自身の罪に無知なまま、正しい人を演じ続けるネルの姿が映っている。彼女がネルに投げつけた逆説的な言葉は、善悪の絶対性・不動性の仮説に頼った判断では届かない事象の深層への誘いのように響いている。

覚醒

ネルが自分の真の姿を発見するのは、スーラの死から二十五年後、スーラの祖母エヴァの言葉によってである。老人ホームに彼女を見舞ったネルに、「どうやってあの男の子を殺したのかい？」とエヴァは、単刀直入に聞く。河にチキンを投げ込んだのはスーラなのだと言い張ろうとする「正しい」ネルに、「おまえさんとスーラ、どう違うのかい。おまえさんそこにいたじゃないか。眺めていたんだろ。あたし、あたしだったら眺めてるなんてことは絶対にしなかっただろうね」と問いかける。「そっくりだよ、あんたたち二人は。二人の間には違いなんかなかったさ」というエヴァの確信に満ちた指摘は、ネルに四十三年前の自身の真実の姿を直視させる。チキンの手がスーラから離れるのを見たとき、ひそかに快感を味わっていた自分。取り乱したスーラの傍らで保っていた冷静は、刺激的な快感の後に訪れた満足感だったことを認識する。母親が燃えるのを眺めていたスーラの魔性は、ネルのものでもあったのだ。

ネルが木立のざわめきにスーラの気配を聴き取って彼女の名を呼ぶのは、エヴァと別れた帰り途《みち》である。夫に去られて、スーラと仲違《なかたが》いして以来、彼女につきまとっていた「柔らかな毛玉が割れ、タンポポの胞子のように微風に散った」のは、エピファニーの訪れをしるしている。半生の間耐えていたのは、夫の不在ではなく、ともに成長するはずだった半身、スーラの不在であったことを直観的に悟ったのだ。「わたしたちは、一緒に少女時代を過ごしたのね」と、この言葉が友情のすべての意味を説明するかのように呟くネルは、夫が去っていった日、あげることのできなかった喪失の慟哭《どうこく》を、今あげている。

モリスンは、スーラとネルが一人の人間の両面でもあると語っている。ネルがスーラとの一体性を認め、チキンの死に対する自身の罪を自覚したことは、社会通念に依存することをやめて、彼女が初めて、宇宙の中での自らの存在に責任を持ったことを意味しよう。正しい犠牲者の立場に安住することは不可能となったのだ。「善だったのは、もしかしたらあんたじゃなかった」というスーラの逆転した世界像が見える、孤独な視点に立ったからだ。

この遅くにすぎた覚醒は、母親をモデルにすることを拒みながら、結局は母親と同じ人生を歩いてきてしまったネルに、少女の頃の決意を思い起こさせることはできよう。「わたしはわたし」「わたしはなりたい……なりたいんだ……すてきな人間に、ああ神様、わたしをすてきな人間にしてください」と言った言葉の意味を、考えることはできるのだ。

エヴァの愛

チキン＝リトルが河に落下する現場にいたはずのなかったエヴァが、なぜ二人の少女の秘密を知っているのか。「プラムだよ。可愛いプラム。あの子はいろんなことを教えてくれる」と、この百歳近い老女は言う。プラムの命を火によって絶った自らの行為の報いが、ハンナの焼死という事故によってもたらされていることを知る彼女は、可視の境界を越えてプラムに会い続けているらしい。

自身の罪を背負いながら、なおネルの偽善を暴《あば》くエヴァを支える生の原理は、「わたしは黙って眺めてなんかいなかった」という言葉に集約されている愛である。金のために片脚を犠牲にしたのも子供たちへの愛であれば、廃人となったプラムに火をつけたのも、燃えるハンナを助けようと、三階から窓ガラスを割って車椅子のまま飛び降りたのも愛である。犠牲的精神と、自身と他者の区別をつけようとしない肥大したエゴという諸刃《もろは》の危険な剣ではあるが、エヴァの愛は血縁を越えて彼女を取り巻く周囲の人々におよび、その事実は、彼女がまぎれもなく共同体の一員である証《あかし》となっている。スーラには、エヴァの愛がなかった。彼女を共同体と結びつけていたのは、彼女の好奇心に満ちた、同時に無関心な眼差しである。その眼は、逃避と妥協と反復の日常に埋没し、真に生きることの危険をあえて冒そうとしない人々の姿を、共感も同情もなく映し出していると同時に、同胞への愛の不在という空洞を抱いて、自己の創造に失敗したスーラ自身の虚無を映している。

悪の効用

共同体は、自分たちとはまったく異なる存在であるスーラを、悪魔とみなすことによって、自分たちの団結と秩序を強化している。人々はスーラの片方の瞼《まぶた》にかかる痣《あざ》を、不吉なしるしとして読む。少女の頃は茎のついたバラに、あるいはオタマジャクシにも見えた痣を、彼らの知らない外の世界で、彼らの知らない経験をして、スーラがボトムに戻った後は、蝮《まむし》あるいはハンナの遺骨として人々の眼に映じている。

ボトムの住民は元来迷信深く、偶然の出来事を、それに前後する現象と引き合わせて因果づける彼らの想像力は、スーラに集中して働き出す。駒鳥の大群が空を埋め、その死骸が人々の足もとに転がったのは、スーラの帰還の前ぶれだったのだと納得したのがその手はじめで、やがて彼女の一挙一動は、人々の身に起きる災難と結びつけられて、特別の意味を読み取られ、彼女の悪魔性を証拠だてる。その結果、スーラはボトムの人々を日常の惰眠から呼び覚ますという「有益な」役割を果たしている。その様子を全知の語り手は、「自分たちの個人的な不運の原因が突き止められたので、彼らは、互いに愛し守り合う許可を持ったわけだ。人々は夫や妻を慈しみ、子供を守り、家の修理をはじめ、自分たちの只中にいる悪魔に団結して立ち向かいはじめた」と説明する。こうしてスーラは、ロレインの町でピコラがそうだったように、ボトムの共同体のスケープゴートの役割を担わされる。

悪の受容

災いの元凶と信じているスーラを人々は共同体の外へ追放しなかった。これは、アフリカ系の血を受け継ぐ人々が、異なったものに対して持つ受容の姿勢によっている。彼らにとって望ましくないものを追放したり、抹殺したりするのは、「不自然なだけでなく、威厳に欠けること」であり、悪の存在は、まずそれと認め、それからそれなりに取り組んで生き延び、出し抜き、勝ち抜く何かであった」のだ。この態度でボトムの人々は、天災であれ、人災であれ、異常なこと、不幸なことを受け入れて生き延びてきたのだ。現に彼らは、精神に異常をきたして第一次大戦から帰還したシャドラックの奇行を二十何年も受け入れ、彼が勝手に定めて一人で祝っている一月三日の「国民自殺日」は、ボトムの風物詩の一部となっている。

アフリカ的善悪の観念は、善悪を峻別し悪を排除する西欧的な考え方とは異なると、モリスンは考えている。黒人にとって善悪の決定的な定義をすることは不可能で、「ときには善が悪のように見え、ときには悪が善のように見えるのです」[*9]と彼女は言う。何が善で何が悪なのかは、それをどう用いるかにかかっていて、「悪は善と同様に有益」で、宇宙の中にそれなりの位置を占めているので、決して追放することはないのだ。ボトム共同体におけるスーラの存在は、スーラがネルに問いかけた善悪の判断の問題を、再び読者に向けている。それはスーラの瞼にかかる痣《あざ》のように、複雑な読解を引き出すはずである。

　ボトムの人々が、「彼らが経験した最も壮大な憎悪」に支えられて、秩序と緊張の中で生きたのは、スーラが生きている間だけだった。彼女の死の翌年に起きた集団の事故死は、向かう敵を失った人々の連帯のゆるみから生じた混沌の頂点となる。「国民自殺日」のパレードに初めて祭り気分で参加した人々は、河のほとりに集まり、工事中のトンネルを目前にしたとき、彼らの積年の怒りを爆発させる。トンネルは、雇用の約束をちらつかせながら、それを決して履行したことのない白人の不誠実と、自分たちの出口のない貧困を思い出させたからである。彼らは、暴徒と化してトンネルを「殺そうとした」結果、壊れた足場から雪崩《なだれ》のように氷の割れた水中に落下していく。

死に向かう流れ

　『スーラ』は多くの死に満ちている。その起源が奴隷制にまでさかのぼるボトムの今世紀の物語は、一九一九年から一九六五年までの時を流れるのだが、その半世紀中で起きる変化は、人をも町をも避けがたく死に向かわせている。生の冒険者スーラは、「何であれ、永遠に続けるのは地獄だ」と波瀾を求め、日常性にしがみつくネルは、「変化こそ地獄」だと恐れる。ボトムのもう一人のアウトサイダー、シャドラックは「永遠《オールウェイズ》」と、スーラにささやく。彼女が自ら引き起こした一瞬の死を目撃した直後のことである。

だろうか。

「変化」と「永遠」、作品中のこれらの言葉は、死をどんなパースペクティヴの中に置いているのだろうか。

シャドラックは死の只中に永遠不変のフィクションを創案することで、生の不安に耐えようとする人物である。戦場で胴体だけになっても走り続ける兵士を目前に見た衝撃は、彼の正気をそれほどあやうくした。「国民自殺日」は、彼にとって「経験に秩序と中心を与えるために」、予期不可能な死に対する恐怖をこの一日に顕在させ、残りの日々の平穏を保つためにある。何かに動転しているらしく激しく泣いているスーラを見た彼は、その幼い外見の下に頭蓋骨を透視した。彼は、少女もまた死に怯えているのだと思い、命の永遠を保証してやるために、「永遠」とささやいたのだ。しかし、そのとき少女はすでに死を知っていた。

不変を装う生の仮面を引き剝いでは進むスーラの生き方は、結局は、死に向かっての探究ではなかったのか。最後の情人エイジャックスの体の上で松の木のように揺れながら、性の陶酔のさなかに、のみとハンマーで彼の肌の底にあるローム層をきわめたいと願ったときも、水の気配を感じながら死に近づいて行った臨終のときも、チキン＝リトルが消えたあの水面下を目指していたのではないのか。彼女の名字「ピース」とは裏腹に、決して平和ではなかった生涯を終えて死んでいくスーラは、シャドラックのささやいた「永遠」を、死の永遠性として受け止めている。

スーラの死を知ったシャドラックは、「国民自殺日」の有効性を疑わなくてはならない。二十年来、彼が初めて本気になれなかった祭りのパレードに、ボトムの住人は初めて加わり「笑い、踊り、呼びかわしながら、パイドパイパーの一団のようにシャドラックにしたがった」だけでなく、彼を置き去りにして、トンネルに襲いかかったのである。

ネルがエヴァを老人ホームに訪ねる物語の最後に生き残っているのは、ネル、エヴァ、シャドラックである。ボトムは町営のゴルフ場の下に姿を消し、黒人たちは、かつてのような共同体を構成せず、ばらばらに生きている。つまり読者は、『スーラ』の冒頭の時間に立ち戻っているのだ。

直線的に流れて消えていく歴史の時間に抵抗するように、回想にはじまった物語は、多くの記憶と新しい認識を伴って出発の場所に帰還する。半世紀近く前に死んだはずのプラムと会話を続けるエヴァや、生前より鮮やかにネルにその存在を感じさせるスーラの気配は、肉体を塵《ちり》に返した後にもこの世に留まって、生者との交感を続ける死者の魂が息づくアフリカの死生観を感じさせる。この死生観はモリスンのこの後の作品で、いっそう強調されていく。

四　伝統の形成

アリス＝ウォーカーも、アメリカ社会の不正と矛盾の中で苦悩する黒人女性の深層を描く作家の一人だが、彼女の関心も黒人女性が「全き人間」として成長する可能性を探ることにあった。『一番青い眼』と同じ年に出版された『グレンジ＝コープランドの第三の人生』で、無知と孤立の中で戦い疲れて死んでいく女たちを描いたウォーカーは、『メリディアン』や『カラー＝パープル』で、女同士の友情がもたらす知恵と力の可能性を追求している。モリスンとウォーカー。作風は異なるが、この二人の作家は、その後も友情と連帯で結ばれた女性の共同体を、自己実現の土壌、社会改革の基盤として、作品の中に機能させる試みをやめない。この試みによって二人は、『彼らの眼は神を視つめていた』の作者ハーストンに源を発する「黒人女性の自立と友情」というテーマを継承発展させることになり、ここに黒人女性文学の伝統が見えてくる。

アリス＝ウォーカー

『彼らの眼は神を視つめていた』は一九三七年、『スーラ』は一九七〇年、『メリディアン』は一九七六年、『カラー・パープル』は一九八三年の出版である。『スーラ』を執筆当時、モリスンは、『彼らの眼は神を視つめていた』を読んでいなかった。しかし、主人公が家族への愛や社会への義務などよりも、自分の意識や欲望を何よりも重視し、子供をつくることより自己の創造を人生の目標としたユニークさにおいて、この二作品は驚くほど共通する。一方『カラー・パープル』は、意識的に『彼らの眼は神を視つめていた』をいわば母胎にした作品である。『スーラ』との比較のために、友情に関してこれらの二作品の特徴を簡単に述べておこう。

『彼らの眼は神を視つめていた』で、ジェイニィが語る彼女の自伝の理解と共感に満ちた聴き手としてフィビィは、小説の初めから終わりまで彼女の前に座っている。町の人々の冷やかで敵意を含んだ視線から、ジェイニィをかばう唯一の味方である。語り終えたジェイニィに、「あんたの話を聴くだけで十フィートも背が高くなったような気がする」と言い、自分もこれからは今までの自分で満足することはしないし、あんたのことも、とやかく他人に批判させはしないと宣言するフィビィの描写は、きわめて短いながら、モリスンがスーラとネルに持ち続けることを望んだ創造的な友情を想像させる。

『カラー・パープル』のセリィの奇蹟的な変貌は、女同士の友情と連帯なくしては起こりえなかったものである。とりわけ因習に逆らって自立した生き方を確立している、シュグの存在は大きい。彼女はセリィの生きるモデルとなっている。シュグは、早くから母に死なれ妹と引き離されたセリィの母となり姉妹となったばかりか、恋人ともなって愛を注ぎ、セリィの創造性を引き出し、彼女の「全き人間」としての眩しいばかりの開花を助けている。指摘するまでもないが、『スーラ』には『彼らの眼は神を視つめていた』や『カラー‐パープル』のような幸せな結末はない。これらの二作品が友情と自己実現の成就を描くのを目的としているのに対し、『スーラ』は友情と自己実現の失敗を描くことによって、生の暗部をさらに深く読者に見つめさせることを目的としているからだ。『スーラ』は、一九七五年の全米図書賞の候補作品となっていた。

黒人女性にとってのモデルの重要性を、ウォーカーは強調する。[*10] 学生時代、教室でも図書館でも、白人作家の作品にしか接することができなかったウォーカーとハーストンの作品との出会いは、セリィとシュグの出会いのように、ウォーカーに決定的な影響を与えている。「私は自分が読みたい本を書く」と言ったモリスンの言葉につけ加えて、「私は自分が読めたはずのすべてのものを書く」[*11]と宣言したウォーカーは、自分を変え世界を変えようとする黒人女性の姿を書き続けることで、彼岸のハーストンとの友情を守り育てているようである。

また、一九八二年に、『ブリュースター‐プレイスの女たち』でデビューした一九五〇年生まれのグロリア＝ネイラーは、モリスンの『一番青い眼』に出会うことによって、作家となる勇気を得ている。それまで男性作家か白人作家の作品だけに接してきたネイラーに、彼女が読みたい書きたいと思っていた黒人女性の物語の可能性を示してくれたからだ。『ブリュースター‐プレイスの女たち』には、都市のゲットーで絶望の中に希望を見いだそうとして苦闘する、七人の黒人女性の見事なポートレートが息づいている。

■IV章註

＊1　*Conversations*, 38,61, 97, 161.

＊2　Ibid., 121.

＊3　Ibid., 11.

＊4　最も早い時期に、ピコラとペルセポーネおよびピロメーラの類似を指摘し詳細に考察した論文は、Madonne M. Miner, "Lady No Longer Sings the Blues : Rape, Madness and Silence in *The Bluest Eye*," *Conjuring : Black Women, Fiction, and Literary Tradition*, eds. Marjorie Pryse and Horten J. Spillers (Bloomington : Indiana University Press, 1985)　, 176-191. そのほかにも Wendy Harding&Jacky Martin, *A World of Difference : An Inter-Cultural Study of Toni Morrison's Novels*（Westport, Connecticut. London, Greenwood Press, 1994), 174. Elizabeth T. Hayes, " 'Like Seeing You Buried' : Persephone in *The Bluest Eye, Their Eyes Were Watching God,* and *The Color Purple,*" *Images of Persephone : Feminist Readings in Western Literature*（University Press of Florida, 1994), 170-194.

＊5　ヘイズは、" 'Like Seeing You Buried' : Persephone in *The Bluest Eye, Their Eyes Were Watching God*, and *The Color Purple*"で、父親あるいは父親的権威を持つ男性に凌辱された母のいない黒人の娘たちが、自尊とアイデンティティを確立する困難を指摘している。

＊6 *Conversations*, 62.

＊7 Ibid., 40, 88.

＊8 当時、スーラのような個性を持った人間が男性であれば、彼は人々にとって魅力的でさえあり、その行動は許容されたが、その人間が女性であれば、小さな共同体の価値観の中では由々しいことで、決して見過ごされることがなかったことをモリスンは指摘する。そして、そのような型破りの女性が生きることができたのが、ベッシィ＝スミスやビリー＝ホリデイが生きたショー－ビジネスの世界だと考えて、スーラがブルース歌手になって生きる可能性もあり得たことを示唆している。*Conversations*, 27, 65.

＊9 *Conversations*, 14. また同様の発言については62, 100, 169を参照。

＊10 "Saving the Life That Is Your Own : The Importance of Models in the Artist's Life," *In Search of Our Mothers' Gardens* に詳しい。

＊11 Ibid., 13.

V　フォークロアの再生

一　神話の埃《ほこり》を払う

作家として

モリスンが、自らを作家として自覚するようになったのは、第三作『ソロモンの歌』からである。

黒人作家としての彼女の意識は、『ソロモンの歌』および『タール・ベイビー』で、アフリカ系アメリカ人の歴史と文化がいかにこの民族の生の本質に関っているかを、追求することに向けられていく。この問題をモリスンは、自らの帰属感を危うくしている現代の黒人を主人公に、彼らが忘れかけていた先祖の過去と向き合わせることによって、ドラマタイズしている。

先祖が紡いだ歴史の中に、未来に生きるための知恵と力を発見させようとする作者は、同時に、黒人口承文学の命脈を現代小説の中に甦らせようと試みる。その試みは、神話や伝説を現代に息づかせる工夫であったり、黒人民衆のイディオムや語り口を活字の中から響かせることであったりするが、何よりも明白なのは、作品に流れる「物語の愉しさ」ではないだろうか。この愉しさこそ、物語を語り聴く民衆の長い伝統が培ったものである。

モリスンにこの愉しさを伝えたのは、飛び切り語り上手だった彼女の父親だったことは、彼女の生い立ちを語ったⅢ章ですでに述べた。そして『ソロモンの歌』は、彼女の父親と縁の深い作品となっている。モリスンはこの作品の執筆当時に父親を亡くした。『ソロモンの歌』は前の二作品と異なり、男性を中心として描いている。決して彼をモデルにした作品ではないが、父親の死によって、父親とともに彼が生きた世界も時代も消滅したような喪失感を経験したモリスンは、主人公の青年ミルクマンに、消えていく過去を発見する役割を与えている。彼は父母や伯母をはじめ多くの年輩者の語りを聴き、彼らの故郷南部に旅することになるが、作者はこうして、一九六〇年以降あまりにも急速に遠のいていく父親が生きた時代を、「再創造」したのだと語っている。[*1] モリスンは『ソロモンの歌』を亡き父親に捧げた。

分化する民族

『ソロモンの歌』のミルクマン＝デッドは、豊かな不動産業者の息子であり、『ターール－ベイビー』のジャディーン＝チャイルズは、白人のパトロンの援助でソルボンヌ大学を卒業した新進モデルである。貧困と差別を日々経験して生きる大多数の黒人からは隔絶された環境にあって、彼らの価値観は白人と変わるところがない。そのためにミルクマンは親友ギターとの、ジャディーンは恋人サンとの軋轢《あつれき》をつのらせていく。現代社会の問題には無関心で刹那の享楽に生きるミルクマンと、スラムに育ち民族意識の強い過激なギター。競争社会の中でアメリカの夢を追うジャディーンと、前近代的な黒人の村落共同体の暮らしに幸福の夢を描くサン。今世紀後半、階級化が進む中でのアフリカ系アメリカ人の生きるべき途《みち》を、一つに括《くく》って語ることは困難だ。

神話的パースペクティヴの中で

モリスンは、主人公たちが生きている現代の状況の中だけで、彼らに問題解決の途《みち》を探させようとはしない。彼らを神話的なパースペクティヴの中に投げ入れ、その精神の根を、先祖が遺した伝承文化の土壌の中に見いださせようとするのだ。

『ソロモンの歌』は「空飛ぶアフリカ人」、『タール - ベイビー』では「兎の兄いとタール人形」という、黒人の間で古くから親しまれてきた伝説と民話が、このパースペクティヴをつくっている。ミルクマンが、自分の曾祖父が空を飛んでアフリカに帰った奴隷だったことを発見したとき、白人がいたずら好きの兎の兄い（黒人）をひっとらえるために仕掛けたコールタールの人形の姿とジャディーンの姿が重なったとき、伝説や民話には新しい解釈が生まれ、主人公には新しい生き方が示唆される。モリスンはこの二作品で「神話の埃を払う」[*2]試みをしたのだと言っている。

時を超越する先祖

この試みの中でモリスンは、現代を過去に繋ぐ「歴史の連続性」の重要さを強調し、共同体の人々の健やかな成長には、民族の宇宙観やそこから生まれた文化を体現し、若者に知恵を与える、いわば「時を超越して存在し続けるような」「先祖の存在」が必要であることを主張している。[*3]

モリスンの作品の中で、そのような人物の最も顕著な例は『ソロモンの歌』の主人公の伯母パイロットである。生きることの意味を見失っているミルクマンの精神の根への回帰に彼女は不可欠な存在であり、「女性の最良の部分と男性の最良の部分」*4を備えている。このほかにも幼くして孤児になったミルクマンの父や、伯母の命を助け、ミルクマンに彼の祖父母の名前を伝えるサーシィも、『タール‐ベイビー』でジャディーンの恋人のサンを伝説の森に導くテレーズも、そのような先祖の一人である。

モリスンの作品では、このような神話的光芒《こうぼう》を放つ女性が主人公の導師的役割を果たしていて、成熟した年長の男性をヒーローの人生開眼への導師とする従来の文学の伝統と、興味深い対照を見せている。

二　『ソロモンの歌』

『ソロモンの歌』は、ミルクマン＝デッドが「全き人間」となる旅の物語である。無為の生活を送る想像力に欠けた青年が、他者への愛に目覚めて、「飛ぶ」極意を学ぶまでの物語と言ってもいい。

中流階級の黒人青年

ミシガン州のフリントとおぼしき工業都市でミルクマンが生きている状況は、当人にとって至極快適である。家庭でも、自分の店子であるスラム街の黒人に対しても、専制君主のように振る舞う父親を見習って、男性の当然の権利とばかりに、母と二人の姉の献身の上に胡座《あぐら》をかいている。愛に欠け、荒涼とした家庭生活を送る家族の精神の不毛にも、家賃すら払えないスラムの同胞の貧困にも、気づかいも関心も示さない。

ミルクマンとは、授乳期をすぎても母乳を飲んでいたメーコン＝デッドIII世につけられた渾名《あだな》であるが、その名にふさわしく、彼は無自覚な少年時代を三十二歳すぎまで引きずっている。父親の手代として家賃を取り立てて回り、贅沢な身なりをしてパーティに出かけ、性の享楽に耽《ふけ》るのが、南部への金塊探しの旅（やがてそれは先祖発見の旅へと変わるのだが）に出かける前の、成人したミルクマンの日々である。しかし、不思議な飛翔を試みた一人の男の死とミルクマンの誕生で物語の幕を開ける作者は、主人公の未来に神秘的な予感を抱くことを読者に期待する。

不思議な誕生

ルスは、黒人の保険外交員スミスが手製の翼を着け、病院の屋上に立っているのを眺めているうちに産気づく。スミスは、スペリオル湖の対岸[*5]に向かって飛び立とうとしているのだ。路上の野次馬の中から、怖《お》じ気《け》づいたスミスを励ますように唱《うた》う女性はミルクマンの伯母パイロット＝デッドである。「ああシュガーマンは飛んだ／シュガーマンは行っちまった／シュガーマンは空を横切り／シュガーマンは故郷に帰った」と、彼女は唱う。ルスが、大網膜を破ったままの赤ん坊を生んだのは、翌日のことである。アフリカのフォークロアでは大網膜をつけたまま胎内から出てくる子供は、超能力に恵まれていると信じられている。[*6]夫に疎《うと》んじられていたルスの懐妊を可能にしたのは、パイロットのルートワーキング（植物などを使ったアフリカの民間療法）の知恵であり、宿った子供の命を脅かすルスの夫メーコンの暴力を阻止したのも、彼女のブードゥーの秘儀である。ミルクマンは、アフリカからきた奴隷を先祖に持つデッド家の歴史の相続者を絶やすまいとする、パイロットの深いもくろみによって命を与えられ守られたのだ。

アフリカの感性

ミルクマンが父親の命令にそむいてパイロットに初めて会うのは、十二歳のときである。ワインと松の匂いのこもる不思議な家に住む、ヘソのない女に会いに行こうと誘ったのは、年上の彼の唯一の友人ギター＝ベインだった。

パイロットの社会通念にとらわれない風采や言動は、少年を魅了する。支配や序列の観念から自由な彼女は、事物や人間をカテゴリー化する思考・習慣とも無縁である。同じ物は一つも存在しないこの宇宙の豊かさを少年に垣間見せる彼女の感性には、万物の差異と平等への認識が流れている。「背の高い木」のような堂々としたパイロットの体軀は、彼女の兄であり少年の父であるメーコンのように、相手を竦《すく》ませるのではなく、少年を彼女と同じ背丈になったような気分にさせる。

彼女は少年たちに、アフリカの村の語り部グリオの役割を果たす。完璧な半熟卵をつくるには、水と卵が同温のところから始めなければならないんだよと説明し、夜の闇にも空の青さにも様々な色彩があるのだよと、自身の思い出を語る彼女の、小川の水と小石がぶつかって立てるような快い声は、少年を逼塞《ひっそく》した現実の生活から未知の世界へ誘っていく。

ミルクマンはパイロットの語りに魅せられる。父と彼女が仲の良い兄妹だった幼い日々のことや、白人に殺された後も幽霊となって子供たちの前に現れた二人の父親の話に時の経つのを忘れ、彼女が娘のリーバや孫娘のヘイガーと唱《うた》う「シュガーマンは飛んだ」という不思議なバラードに聴き惚れて、電気もガスも水道も、家具らしい家具もない家で、生まれて初めて満ち足りた幸福感を味わう。

アフリカ的感性を通して世界に接するパイロットと、白人中流階級の価値観にすっかり同化してしまったメーコンは、ともに農村育ちである。南北戦争後、父親ジェイクが開墾した農場「リンカーンの天国」が奪われて彼が殺されたのは、二人が十二歳と十六歳の一九〇七年で、その後それぞれが選んだ生き方が、このコントラストをつくりだしたのだ。

母のない娘だったパイロットは、自らの判断で自らの生き方を選び、自らを創造しなければならなかった。パイロットが選んだのは、人種・階級・性などによって人間をカテゴリー化する社会の規則や因習の束縛の外で、自然と調和し人間への愛を優先させる人生である。それは、アメリカ中を移動する季節労働者として、後には自家製ワインづくりとして、社会の外縁に生きる暮らしの中で紡がれた。

この選択は、彼女がヘソを持たない異形の者であるという意識に動機づけられたものであるが、この身体的な特徴は、彼女自身が既成のカテゴリーに類別されることを拒否する存在であることを示唆する。さらに彼女が、ルートワーキングやブードゥーに通じ、ときどき現れる父親の幽霊の助言に助けられている場面なども描写して、モリスンはパイロットを、二十世紀後半の白人文明に対抗可能なアンチテーゼとして、神話的エネルギーに満ちた人物に仕立てている。

ギターのイデオロギーとしての愛

禁欲的な生活を守り、過激な民族思想を持つ猫のような金色の眼をした青年。ギターは金色の眼をしたモリスンの他の登場人物、チョリーやスーラと同様に、「危険な自由」を行使しようとする。彼は自身の行動を同胞愛という大義によって正当化するのだ。

1976年につくられたマーティン＝ルーサー＝キング牧師と、エメット＝ティル少年の像（デンバー市立公園）生前には出会うことがなかった二人がいっしょに立っている構図は、ティル少年の事件とやがて起きてくる公民権運動とのつながりを暗示している。

ギターの生活の場はサウスサイドのスラム街にある。住人たちが集まってラジオから流れるエメット＝ティル事件に聴き入っている裏通りの床屋は、彼が世界を見る視点であり、ギターの友情を唯一の心の拠《よ》り所として成長したミルクマンが、いつかは否応なく認識しなければならない現実なのだ。

それは、政治にも民族にも無関心なこの主人公の青春を、公民権運動の時代に重ねた作者の意図でもある。少年から青年になったミルクマンを読者が初めて目撃するのは、彼が二十代に入ってからで、ティル事件が起きた年（一九五五年）である。また、ミルクマンが南部への旅によって家族や民族の歴史に眼を開くのは、リンカーンの奴隷解放宣言から一〇〇年目の一九六三年、アメリカ黒人史の中でも激動の年である。この背景の選択は、マルカムXのような面影を漂わすギターと、ギターの論理を承服できないミルクマンとの対立を考え合わせて興味深い。[*7]

ギターが秘密結社「セブン-デイズ」の一員であることを知ったミルクマンは、「同胞愛のため」という友人の殺しの論理を口先で否定するだけでなく、その論理を越える愛のあり方を自ら見いだし、実証する使命を無意識のうちに引き受けたと言えよう。

この結社は一九二〇年から続いていて、その目的は、アメリカで起きる白人による黒人の殺害への報復である。メンバーは殺人が行われた曜日に、同じ方法で、同じ性別の同じ人数の白人の命を奪わなければならない。一九三一年、ミルクマンの誕生の前日に病院の屋上から落下したスミスもこの結社のメンバーだったし、一九五五年のエメット＝ティル事件の報復もこの結社によって行われた。一九六三年、バーミンガムの黒人教会が爆破されたとき、[*8] 日曜日の担当者ギターは、犠牲になった四人の黒人少女の報復を行う計画を練り始める。

自分たちの殺戮《さつりく》は、同胞に対する愛に動機づけられていると主張するギターと、習慣になった殺戮はやがて同胞、そして自身にさえ向けられるだろうと反論するミルクマン。しかしギターは、白人は殺しても「ニグロは殺さない」と応える。このときミルクマンは、ギターが人間を個としてではなく、抽象化されたカテゴリーとして捉えているのを指摘する。

ギターがミルクマンに長年にわたって示してきた友情は、育った背景や価値観の相違を越えた理屈ぬきの深い情愛である。しかし、個人の情愛はイデオロギーとしての同胞愛との葛藤を生み、憎悪と変わり、物語の後半でギターは執拗にミルクマンの命を狙う者となる。

パイロットの個々への愛とギターの集団への愛。人間の不幸から目をそむけ、家族にも社会にもコミットしないミルクマンは、三十二歳までいずれの愛にも目覚める機会がなかった。

「愛とは何か」。これはモリスンがどの作品においても繰り返し問い直す問題である。しばしば極限的な生を強《し》いられる黒人の行為は、それが愛のために行われるときですら、破壊的にならざるを得ない。『一番青い眼』でチョリーは近親相姦を犯し、『スーラ』でエヴァは息子を殺した。『ソロモンの歌』での作者の眼は、白人の命を奪うことによって同胞への愛を示さなければならない、黒人の精神の荒廃に向けられる。「どうぞ許してください。わたしはあなた方を全部愛しました」と書き遺して死んだセブン‐デイズのメンバーだったスミス。その十二年後に泥酔状態の中で、「これ以上愛を引き受けられない。神さま。持ちこたえられないんだ。スミス氏と同じだよ。彼だって持ちこたえられなかったんだ。重すぎるんだ」と、スラム中にわめき叫んだもう一人のメンバーのポーター。二人の愛は血にまみれ、ギターの愛も、その運命を辿ろうとしている。ミルクマンが南部への旅の最後で見いださなければならないのは、彼らの血まみれの民族愛を越える愛である。

南部へ

旅立ちの最大の動機は逃避である。人の苦悩と関わりたくないためである。自分の行為に責任を持ちたくないためである。互いに憎悪と誤解を積み重ねるばかりの両親から、それぞれの心中を打ち明けられる重荷。十六年続いた情事の後に別れた従姉に追い回される迷惑。彼の思い上がりを糾弾する姉のうっとうしさ。これらすべてからの逃避である。

父親の故郷の森の洞穴にあるかもしれない金塊の話は、旅立ちの口実となった。金塊が見つかれば、ミルクマンは父親の支配から自由になれるし、山分けを約束されたギターは、日曜日の任務を果たすための爆薬を手に入れることができるのだ。

金塊捜しの旅ははからずも、パイロットが三十年前に中断した先祖捜しの旅を受け継ぐことになる。それは父親の故郷から祖父母の故郷へと続き、一族の歴史、ひいてはアメリカの黒人の歴史を辿る旅へと変わり、そのプロセスの中で、ミルクマンはついに自らのアイデンティティを発見し、自らの再生を果たす。文明がつくりだした夾雑物《きょうざつぶつ》を一つ一つ脱ぎ捨てて、身一つで自然に対し、人と向き合うことで可能となる再生であり、発見である。

モリスンは都会育ちの青年を大自然の中に投げ込み、水に土に、そして最後には風に、力と知恵を与えられる者とする一方で、金銭の授受が介在する人間関係に馴れすぎた彼を、村落共同体の共感と互助の精神に根を張った人間関係に導き入れるのだ。

黒人としての自覚

この二つの体験は、根無し草のような個人主義者のミルクマンの内に大地への、そして同胞への帰属感を育てていく。先祖を見つけたいという欲求も、北部に残してきた家族や友人に対する理解や愛の目覚めも、この帰属感から生まれる。この新しく獲得された感覚を通して初めて、ペンシルヴァニアのダンヴィルで老女サーシィが教えてくれた祖父母の名前や、土地の男たちが語り草にしている祖父がつくった見事な農園が、この都会育ちの青年にようやく意味あるものとなるのだ。

例えばこの変化は、山猫狩りの経験を通してもたらされる。祖父母の痕跡を求めてペンシルヴァニアのダンヴィルからヴァージニアのシャリマーまでやってきたミルクマンは、村の男たちと深夜の山猫狩りに参加する。彼らは漆黒の森の中で大地と一つの呼吸をし、獣たちと交信する。この人たちの自在さに、自然の一部となって生きる人間の健やかさを直観したとき、ミルクマンの想像力は、今まで知らなかった父親のメーコンや、友人ギターの本来の姿に届くのである。この健やかさは、かつてアラバマの森で狩りを愛したギターや、ダンヴィルで祖父のかたわらで農作業をしていた自分が誇らしかった父メーコンが持っていたものだと悟るミルクマンは、初めて彼らを理解したと思うのである。しかし同時に、彼らの人間性をゆがめてしまったもの、父親を物欲の虜《とりこ》に、友人を殺人者にした差別社会が、彼らの心に喰い込ませた傷の深さを思わずにはいられない。歴史の中で蹂躙《じゅうりん》されゆがんでしまったすべての男たちに突然のいとおしさを感じるミルクマンは、アメリカ黒人としての自覚に目覚めたミルクマンである。暗闇の中でギターが、彼の首を締めようとしたのはこの直後である。ミルクマンが金塊を手に入れたうえに、一人占めしたと思い込んでの行為であった。

先祖の発見

ミルクマンはシャリマーの村で、自分のアメリカでの始祖、すなわち祖父ジェイクの父にあたる男がソロモンという名の奴隷であったこと、ソロモンは二十一人の子供と妻を置いて空を飛んでアフリカに帰った伝説を遺していることを発見する。輪になって遊戯する村の子供たちの歌の聴きなれた節に耳を止めたのがきっかけである。[*9]
パイロットによって「シュガーマンは飛んだ」と唱《うた》われていた歌詞を、村の子供たちは「ソロモンは飛んだ」と唱い、さらにパイロットが唱ったことのない飛び去っていった男が残した子供たちと妻の名や、彼らの嘆きを暗示する歌詞を唱っているのだ。長い年月の間に言葉が変わり、意味も不明になりながらも、パイロットがそして子供たちが唱い続けた歌は、ミルクマンにその謎を解くことを誘いかける。彼のルートの発見は、全身を聴覚にして延々と唱われる歌の文句を、注意深く記憶しようとする努力のなかで可能となる。そうすることによって、彼ははからずも耳で聴き、口で唱い語る口承文化の真髄を体験し、先祖の心に近づくことができたのだ。

遊戯をする子供たち

飛ぶことの発見

祖父が飛翔の能力を持っていたのを知ることとは、ミルクマンにどんな意味があるのか。それは第一に四歳のとき飛ぶ夢を捨てた彼に、生まれて初めて、自身の内にある可能性に気づかせる。それほど曾祖父との同一化はたやすいのだが、これは、作者の最終的な目論見ではない。

ソロモンの自由への飛翔は、自分が行った旅への逃避のように、家族を捨てることによって実現されていることに、ミルクマンは気づかない。なぜなら彼は、母や姉たち、伯母や情人だった従姉が自分に与えてくれた献身的な愛と、自分の彼女たちへの忘恩に思いあたってないからだ。モリスンは、彼を利己的な個人主義の殻から引き出すだけではなく、男性優位を当然のこととする家父長制の因習の外に連れ出さなければならない。

自分の命を養い育てたのはこの女性たちであるのに、「彼女たちに一杯の茶さえ入れたことのない」自分に気づき、ソロモンが空を飛んでアフリカに帰った後の、残された妻ライナの苦しみに思いが届いたのは、飛べる先祖を持ったという有頂天の喜びが収まってからしばらく後のことである。

再生を果たしたミルクマンをそれ以前の彼と著しく隔てているのは、人々に生かされている自身の存在という認識である。

新しい神話　その自身をいかに用いるか？　それを示すのは、パイロットである。「大地を一度も離れることなく、飛ぶことができた」パイロットの生き方に気づいたときである。彼女の「飛ぶ能力」とは、因習や体制に縛られず自身の哲学に従って生きた彼女の自由な精神の謂《いい》であり、彼女はその自由を「愛すること」に用いたのである。

甥《おい》の案内で先祖の村を訪れ、ソロモンが飛び立ったと言われる「ソロモンの崖」に、生涯持ち歩いていた父ジェイクの骨を埋めたパイロットは、ミルクマンを狙ったギターの弾に撃たれる。甥の腕の中で死んでいく彼女の「もっと多くの人を知ればよかった。その人たちすべてを愛しただろうに。もっと知っていれば、もっと愛しただろうに」という呟きは、知ることが愛することであったこの女性の、地に足をつけた霊性を示している。

死にいくパイロットの「唱《うた》っておくれ」という懇願に応えて、先祖の物語を秘めた歌とは気づかずに、彼女が生涯唱い続けた「シュガーマンは飛んだ」を「シュガーガールは飛んだ」と変えて唱い始める。そのときミルクマンは、アフリカ系アメリカ人の「自分たちの物語を唱う」口承文化の伝統を継承しただけではなく、古い神話に新しい次元を加えたのである。自分だけの自由を手にする男性の神話としての「飛ぶアフリカ人」は、パイロットの存在を唱うことによって、自由と愛を一致させた女性の神話を語り出す。

ミルクマンの飛翔

パイロットの精神を相続するミルクマンの飛翔は、曾祖父ソロモンのそれとはまったく目的の異なったものとなる。パイロットが息絶えた後、「ぼくの命が欲しいのか？　ぼくの命が必要なのか？　さあ受け取ってくれ」と叫び、銃を置いて立ちあがるギターに向かって崖の上から、「北極星が流れるように輝いて旋回していった」ミルクマンは、先祖から伝わった飛ぶ力を、自身の自由のためにではなく、ギターへの愛に用いたのだ。

「二人のうちどちらが、彼の兄弟の腕の中で息を引き取るかは問題ではなかった。なぜなら、今彼はシャリマー（ソロモン）が知っていたことを知ったからである。風に身をまかせれば、風に乗ることができるのだということを」と物語が結ばれるとき、自他の意識を超越した愛に支えられた知が示唆される。自身の欲望の充足のために生きることしか知らなかった男が学んだ「自己の放棄《サレンダー》」である。そのミルクマンを、「ぼくの大切な相手」と呼んで迎えるギターも今は丸腰である。

ミルクマンとギターの生死が不明のまま終わっている『ソロモンの歌』のオープン－エンディングは、行先のわからない混沌とした一九六三年当時の公民権運動の状況を思い起こさせる。マーティン＝ルーサー＝キング牧師の非暴力運動が勝利するかに見えたワシントン大行進の成功がある一方、頻発する白人のテロと、白人の暴力には暴力をもって処するしかないとする反非暴力派の抗争が泥沼化していく年である。このような時代背景を考えれば、時代を越えて継続する民族の価値を、ミルクマンに伝える「先祖」としてパイロットの存在は大きい。

ミルクマンが彼女の精神の相続者となったとき、未成熟を意味していたこの彼の渾名《あだな》は、養い育てる女性原理を会得した者のしるしに変わる。その原理は、性・人種・階級の差異と対立を越える愛である。作者は、ミルクマンの飛翔に、混沌とした時代の取るべき方向性を見いだそうとしたのではないか。

歴史の認識と運命への抵抗

自身の起源と歴史の認識、抵抗と自己変革による運命の克服。これが混沌とした時代の渦に巻き込まれ己を失わないために、『ソロモンの歌』がアフリカ系アメリカ人に示している指針であろう。作中で名前が果たす機能が、この思想を端的に物語っている。

パイロット。飛行士あるいは水先案内人を意味する Pilot と同音の発音であるが、実はキリストの処刑の責任者であるユダヤのローマ総督 Pilate と綴る。読み書きのできない父親が無雑作に聖書を開き、大きな木が小さな木を守っているような字の形が気に入って選んだのだ。パイロットはこの名を父との絆《きずな》の証《あかし》として大切にしながら、Pilate であるより Pilot にふさわしい生き方をし、Pilate の綴りが現す意味までも変えている。

不明だった祖父母や曾祖父の名を発見したミルクマンは、デッド家の名から死の気配を取り除いたとも解釈できる。デッドとは南北戦争後、祖父ジェイクが人名登録する際に「父親は死亡」と言ったのを、酔っぱらった白人の役人が誤って、名は「デッド」と記載したことに起源する名字であったから。作中にはこのような奇妙な人名や地名が多い。モリスンはそれらの名の背後には、アメリカの黒人が生きてきた逆境や、その逆境とユーモアをもって戦った抵抗の物語（黒人を入院させない慈悲病院は彼らの間では無慈悲病院となり、街で唯一の黒人医師〔ミルクマンの祖父〕が住む通りをドクター - ストリートと呼んではいけないという当局に抵抗して、彼らはその通りをノット - ドクター - ストリートと呼ぶような）が限りなくあることをほのめかして、埋もれたフォークロアの豊かさを示唆する。

三　『タール＝ベイビー』

同化か反逆か

現代社会に生きるアフリカ系アメリカ市民が自らの精神的伝統に根を張り続けるのは、逆流にさからって泳ぐように難しい。時代の波に押され、故郷そして歴史から遠ざかるだけでなく、アイデンティティを支えている現在の生活でさえも、主流の文明の浸食を否応なく受けていく。一九七〇年以降謳《うた》われてきた異文化間の調和共存の理想は、あくまでも理想の域に留まっている。

この状況の中で、アフリカの血を持つアメリカ市民は、主流の波に身を委せ、すすんで同化するほかないのか、それとも黒人としてのアイデンティティに固執すべきなのか。同化を志す者は、己の内なるアフリカを抑制あるいは抹殺して文化的孤児にならざるを得ず、他方、黒人であることの出自を誇る者は、白人社会の規律も価値も拒否して、アウトロウにならざるを得ない危険性を抱えている。

『タール＝ベイビー』のジャディーン＝チャイルズは前者であり、ウィリアム＝グリーン（通称サン）は後者である。白人の教育と上流社会のマナーを身につけ、ファッショナブルにつくりだされた白人好みの黒人女性の美しさを売り物に、白人社会での成功を目ざすジャディーンは、自身の存在が「本物」ではないという不安にかられなければならない。想い出の中で美化された故郷の村への郷愁と、自分と同じように社会の外縁で生きる仲間の労働者との絆《きずな》が宝であるサンは、ジャディーンの生き方に価値を見いださない。そればかりか、白人社会そのものに信をおかない。ベトナムの戦場体験は、彼の記憶に生々しく残っている。誤って妻を殺しているのだが、白人の法に裁かれるより故郷に戻れない放浪者となって、自らの手で自らを罰することを選んでいる。彼は、パスポートさえ持たないアウトロウである。この対照的な価値観と背景を持った二人が、恋に陥りながらも、妥協も解決もつかない葛藤の末に別れていくプロセスを、モリスンは「兎の兄いとタール人形」の民話をフレームに用いて描きだす。

タール－ベイビーにつかまった兎の兄い

「兎の兄いとタール人形」

兎の兄いは、元来アフリカ動物民話のトリックスターであるが、アフリカ人とともにアメリカにやってきて、長い奴隷制の時代を生き抜いた。自分よりも力に恵まれている他の動物の中で、知恵と機転を頼りに逆境を切り抜ける生命力に満ちた兎の兄いが、奴隷たちの分身であることは言うまでもない。「兎の兄いとタール人形」は兄いの数々の冒険の中でも最もよく知られていて、モリスン自身、母親から話してもらった民話の一つであるという。大筋は次のようなものだ。

兎の兄いの悪戯に業《ごう》を煮やした他の動物（あるいは白人）が、コールタールでつくった人形を彼の通り道に置いた。挨拶しても返事をしない人形にしびれを切らした兎の兄いが、人形に触って、体の自由をとられたところを捕まってしまう。どうやって殺そうかと最も残酷な処刑の方法を考える相手の心理を利用して、兎は茨のやぶの中にだけは投げ込んでくれるなと芝居気たっぷりに哀願する。その名演技が功を奏し、彼は首尾よく茨の中に放り込まれて命拾いをする。茨のやぶこそ彼が生まれ育ち、勝手を知った領域なのだから。

「銅色のヴィナス」と呼ばれ、白人上流社会で富も名声も約束されたジャディーンは、いわばヴァレリアン＝ストリートというパトロンによってつくられたタール人形であり、彼女に強く惹きつけられたサンは、兎の兄いにあたる。ジャディーンとともに生きたければ彼は茨のやぶを捨てて、白人文明の価値観に順応しなければならない。彼にとっては精神の死である。

しかし、モリスンは最初から二人の破局を当然としていたわけではなく、二人が結婚できる途《みち》を考え続けていたという。[*10] 彼女はこの民話に発見した新しい可能性が、二人の共生を実現させるかもしれないと期待した。少女の頃モリスンは、タール人形の話を聴くたびにある種の恐怖を覚えたという。その粘着性によって白人に捕まってしまう兎どんは、過去のそして未来の黒人の運命を象徴していたからだ。しかし作家モリスンは、タールという物質に新しい意味を見いだす。それは、物と物とを、人と人とをつなぎ、存在に一貫性と密度をもたらす特質を所有し、伝統的に養い育てる資質を持つ黒人女性そのものを象徴するものであった。白人化されてしまったジャディーンが、自らの内にこの資質を発見すれば、乖離《かいり》は避けられるかもしれないと考えたのだ。[*11]

作品の舞台

二人のドラマは、モリスンの他の作品に見られない背景とプロットを持っている。すなわち舞台はアメリカの黒人社会ではなく、カリブ海に浮かぶ「騎士の島」と呼ばれる小さな島であり、この男女のそれぞれの人種意識は、この島の館「十字架の木」で展開される黒人と白人の二組の夫婦が織り出す、人種と主従の関係の網目の上にあぶりだされていく。館の主人である隠退したキャンディ王ヴァレリアン＝ストリートとその年若い妻マーガレット、それに彼らに三十年以上仕える黒人の召使夫婦シドニィとオンディーヌは、互いに相手の存在によって自己の姿をつくり演じてきた結果、分離しがたくセットになってしまった人々である。彼らの関係は、両者の人間的弱点を深化させ放置する結果となっている。鷹揚《おうよう》で抑制力のある主人と恭順で有能な召使の身振りと外見が隠していた主人の傲慢と無知、召使の不満と怯懦《きょうだ》は、闖入《ちんにゅう》者であるサンの弾劾と挑発によって表面化し、このことは、主従双方の夫婦の愛情と寛大さを利用する形で生きてきたジャディーンの、曖昧な立場を不安定にする。

以上の人物構成は、さながら現代アメリカの黒人と白人の関係の縮図でもあるが、この人物たちのドラマは、歴史の目撃者であると同時に神話の保持者でもあるカリブ海の自然という無言の眼差《まなざ》しのなかで展開する。自然に無言の知覚を与え、ドラマの目撃者としたモリスンのこの手法は、アフリカ的宇宙観を作中に導入しようとする一つの手法である。

歴史と伝説

この眼差しは、一九八〇年と思われる現代では、富裕な白人の別荘地となっている騎士の島を含むカリブ海の島々が、十六世紀からヨーロッパ列強の植民地となり、奴隷労働による砂糖キビ生産が行われてきた土地であることを、人間に忘れさせない。この島の熱帯雨林の崩壊に瀕した生態系は、自然の地形を無視した気まぐれな宅地造成の結果で、それは取りも直さず植民地主義の非人間性を露呈している。

しかし生き残っている自然の生命力は強い。作者によって擬人化された雲や、水や草木、昆虫の視線と息づかいが人間を取り囲み、島はアニミズム的な空間となっている。その中で、熱帯雨林も辛くも昔ながらの神秘性を保ち、その伝説を伝え続けて、自分たちの小さな現実にかまけている登場人物たちに悠久の時のありかを思い出させる。

白人に伝わる伝説と黒人に伝わるそれとではまったく内容が異なるのは、同じ時代に同じ土地に異なる立場で歴史を織ったそれぞれの立場を象徴するかのようである。

ヴァレリアンが知る伝説によれば、森には、植民地時代から生き続けているフランス人の百人の騎士が馬で走り回っている。一方、周囲の島に住む奴隷たちの子孫によれば、馬で疾駆しているのは千人の盲目の黒人である。彼らはその昔、難破したフランスの奴隷船から泳ぎつき、山中に逃げたマルーン（西インド諸島で逃亡して山中に住む黒人奴隷）の末裔である。ドミニカ島を眼にした途端に視力を失ったと言い伝えられている先祖たちのように、中年に達すると盲目になるが、その後は「心の眼」を使って生きるのだと言う。彼らは「魔女の乳首」と名づけられたタールの沼地に住む沼女たちと交わって子供をつくると信じられている。

騎士の島の日常生活は、この伝説の森と境を接して営まれていて、これらの伝説は、再三登場人物の意識や話題にのぼる。特に沼女や盲目の騎手は、解決しなければならないアイデンティティや帰属の問題を持つジャディーンとサンに対して、一つの選択を示唆することになる。

本物ではない不安

物語の展開を追ってみよう。シドニィの妻のオンディーヌはジャディーンの叔母で、二人は、十二歳で母を亡くした彼女の育ての親でもある。また彼らの主人ヴァレリアンは、ジャディーンがソルボンヌで美術を学ぶことを可能にしたパトロンである。モデルとして華々しいデビューを飾ったばかりのジャディーンが突然パリを離れて、クリスマス休暇も近い頃に叔母夫婦のところにやってきたのは、「自分の存在の根拠に触れたい」という衝動的な欲求からである。勝利感の只中で抱え込むことになった、自分の存在が「本物ではない」という不安と孤独から逃れるためである。

その不安は、パリのスーパーマーケットで彼女の前を一瞬幻のように通り過ぎた、堂々たる体軀とタールのような肌をしたアフリカ女性の姿によって引き起こされた。カナリヤ色の衣をまとい、高々と上げた手に三つの卵をはさんだ彼女の、「女の中の女、母でもあり姉でもあり、女性代名詞そのものである姿、写真に撮ることのできないその美しさ」が、人工的にすぎる美の鋳型に自らを矯正したジャディーンに、息を飲ませたのだ。作者はこのアフリカ女性を「本物で、完全で、自分自身を持っている人間——ちがったタイプのもう一人のパイロット」*12と説明している。この女性は、店の外に出たとき、一瞬ガラス越しにジャディーンを直視して、彼女の欺瞞《ぎまん》に満ちた存在を侮るかのように、唾《つば》を吐いたのである。ジャディーンは動揺した。作者は動揺の理由を、ジャディーンが元来持っていたはずの「本来の自身《オリジナルセルフ》」*13をこの女性が表象していたからだと説明する。

　白人の異国趣味を満足させるような黒人の外見を持っていても、内部には、黒人としての感性も自覚も根を張っていないジャディーンを育てたのは、自らも黒人大衆から遠く離れた叔母夫婦であり、そんな彼女を白人の洗練された生活風習にいっそう引き入れたのがヴァレリアンである。特にオンディーヌは孤児となり、黒人共同体から引き離された姪を、「黒人の娘」として教育する「母親」の義務を怠ってしまったのだ。

スタイルの中への逃避

　黒人の伝統である同胞や家族との連帯意識を持たないジャディーンは、ミルクマンを想い起こさせる。パリから帰ってきた彼女を迎えたのは、パトロン夫婦や養父母が抱えた不和や不幸であるが、彼女は彼らの悩みを親身に受け止めることもしなければ、自分の不安と真剣に向き合うこともしない。ヴァレリアンとマーガレットのよき話し相手を演じながら、心中では二人の口論をうっとうしく思い、台所では召使夫婦の娘を演じながら、

「あんたがわたしたち夫婦のすべて」というオンディーヌの無言の期待を逃れたい。

　逃避は、この館のすべての住人に共有されている態度である。家長であるヴァレリアンは、妻の苦悩にも召使の不安にも無知であり、老召使夫婦にとって、知りつくしている主人夫婦の欠点は、安全な航海のために知らなければならない悪天候の域を出ない。彼らすべてにとって故国アメリカの現状は、彼らの意識に去来するヴァレリアン夫婦の不在の息子マイケルのように疎遠になっている。一九六〇年代には公民権運動の活動家だったマイケルは、一九八〇年代に入りかけている現在も、アメリカ先住民の文化運動に献身的に参加しているらしい。諦観を知恵代わりに生きているヴァレリアンにとって、マイケルの生き方は未成熟なドロップアウトのそれでしかなく、息子は永遠に他人のままなのだ。またジャディーンは、かつてマイケルから、黒人としての人種意識に欠ける自身のあり方を指摘され、罪の意識にも似た後ろめたさを感じてはいるが、決して自らすすんで民族の文化や歴史に根を捜そうとする欲求は持っていない。

　ジャディーンの何にもコミットせず、他者の苦しみから眼をそらし、自らの胸中も明かさず、面倒を起こさない優雅で節度ある振舞《ふるまい》方は、「スタイルがすべて」であるようなパトロンから学んだものである。彼女はこの態度のもとに、サンが出現するまでは、黒人としての意識や資質を、鎖で繋がれた犬のように繋ぎ止めて、コントロールすることも学んでいる。

サンとジャディーン

サンは停泊中の船から脱走し、食物と寝場所を求めて館に忍び込んでいたところを、ヴァレリアンの気まぐれから、客人として遇されることになる。サンはジャディーンを「白人女」と呼び、彼女のグラビア写真を眺めて、ここまでくるには何人の男たちに性の快楽を提供したかと挑むように訊《たず》ね、ジャディーンはラスタファリアン風*14の蓬髪《ほうはつ》に垢だらけの風体をしたサンが、「最悪の匂い」を発していると応酬する。反撥しながらも彼女はタールのような肌から野性的な体臭を放つ男を無視できない。その匂いは、彼女が十二歳のとき、黒人女性が人に侮られないために、決して自分の内に放置してはならないものだと肝に銘じ、犬を鎖で繋ぐように、束縛し監視することを怠らなかった奔放な生のエネルギーを連想させるものだった。モリスンは『一番青い眼』で「ファンク」という言葉によって表現したアフリカ的な感性を、ここでは「匂い」で表している。「お前も同じように匂うんだ」というサンの言葉は、白人社会での成功を手に入れるために、抑圧された彼女の「本来の自身」を指摘したことにもなる。

スタイルの破綻

シドニィの表現を使えば、「黒人を玩具にする」白人の粋狂な思いつきから帰ってこない主人夫婦の息子マイケルと、やってこない客人の席に、盛装した召使夫婦とサンが座らされ、主人夫婦やジャディーンとクリスマスの晩餐をともにするという慣習を破った奇妙な状況の中で、それまで保たれていた平穏が破れる。

引き金となったのは、サンの遠慮のないヴァレリ・アンに対する批判である。食卓の話題から、庭仕事と洗濯に通ってきていたギデオンと彼の叔母テレーズが突然姿を見せなくなったのは、リンゴを盗むところを目撃され、その場でヴァレリアンに解雇されたためだと判明したときだ。サンは彼の仕打ちの中に、地上のどこでもわがもの顔に振る舞う白人の傲慢さを指摘する。安価な黒人の労働力によって生産されたキャンディから、黒人の消費に頼って利益を上げ、蓄えられた財力によって権力を手にした人間が、クリスマスに数個のリンゴを盗んだかどで貧しい人間の職を奪う傲慢さである。サンの告発に激怒したヴァレリアンは、主人の権威を盾に即刻館を立ち去るようにと命令するが、サンはそれを無視する。

これがきっかけとなって積年の不満を抑圧していたシドニィ夫妻も、召使としてのマナーをかなぐり捨ててしまう。オンディーヌが激昂のあまり女主人の横面をひっぱたき、彼女の秘密を暴露するにおよんで事態は収拾のつかないものとなる。三十年近くも前、まだ満足に口もきけなかった息子マイケルの肌に針を刺して虐待していたマーガレットの姿を、オンディーヌの口からヴァレリアンは知らなければならない。

激しい衝撃を受けて、今度は召使夫婦に解雇を言い渡す以外に示すべき態度を持たないヴァレリアンに、自分たちがいなくなったら誰にまともな食事をさせてもらえるのかと、自分たちなしには生きていけない主人夫婦の無能ぶりを指摘するオンディーヌである。面目を失った主人夫婦と自らの安泰を危うくして主人に本音をぶつけてしまった召使夫婦。主従のマナーと人種の垣根が破れてあらわになった真実は、両者を二度ともとの関係に戻しはしない。

人種と階級社会のイデオロギーの定める「振舞方《ふるまい》」にしたがってそれぞれの役割をこなしていた二組の夫婦は、その役割の下に隠していたそれぞれの真実を認め、つき合わせることから新しい関係を築き直さなければならない。わが子を虐待せずにはいられないほどの妻の孤独にも、虐待されている事実を伝えるには幼すぎ無力だった息子の悲しみにも無知だった自らの罪の重さにひしがれ、無気力になったヴァレリアンを介護するシドニィの姿は、使用人というよりは保護者であり、厨房にオンディーヌを訪ねて和解と友情を求めるマーガレットに、女主人の傲慢さはない。

葛藤　クリスマスの夜、急速に親しくなったジャディーンとサンは、息苦しくなった館を出て、ニューヨークに向かう。ヨーロッパの上流階級の男たちに求愛されていたジャディーンは、「茨のやぶ育ち」のサンを恋人に持つことで、十二歳のとき以来消えたことのなかった「孤児の孤独」から一時的にしろ癒される。母を亡くした孤児であるだけでなく文化の孤児でもあった彼女が、サンの黒人性（ファンク）に包まれて、自らの黒人性を解放した結果であると考えられる。

しかしジャディーンは、サンが理想とする前近代的な村社会の簡素で原始的な生活に何の魅力も覚えず、サンはジャディーンが水を得た魚のように活気づく都会の競争社会に馴染めない。しかも、サンの良しとする女性の生き方の範囲には、ジャディーンの生き方はないのだ。

自由、独立、社会的成功が何よりも必要な、時代の最先端をいく女性であるジャディーンによって、「女らしさ《フェミニン》」の意味内容が、黒人女性の伝統的な「女らしさ」のそれとは大きく異なることを物語の展開は示していく。

　ジャディーンが女性として示すのは、いわばモデルとして商品化された「性（セクシュアリティ）」であって、卵をかかげたカナリア色の長衣のアフリカ女性やサンの故郷の村の女たち、あるいはパイロットの「女らしさ」が表しているのは「養い育てる資質《ナチュアリング》」である。自由で行動的であるために、この伝統的な黒人女性の特質をむしろ拒否するジャディーンの生き方は、既存の男性の生き方により近い。カナリア色の長衣の女性によって「本物ではない」自分のあり方に気づかされて動揺はしたものの、彼女はこの生き方を変える気はない。

　モリスンがジャディーンに用意する二つの幻想的な出会いは、伝統から逃れようとする現代への、過去からの非難を含んだ問いかけとなっている。魔女の乳首に住む沼女たちも、サンの故郷フロリダのエロエでジャディーンの夢に現れる女たちも、自分たちの資質の相続を拒む娘に不満気である。

　騎士の島にいたとき、ジャディーンはピクニックの帰途、魔女の乳首の泥炭の中に溺れかけ、木立の中から自分を見おろしている伝説の沼女たちの気配に気づく。タール状の粘液にまみれて木の幹にしがみつく若い女を、沼女たちは自分たちのところに戻ってきた家出娘だと勘違いして喜ぶが、実は彼女が自分たちではないものになりたがって逃れようともがいているのだとわかって、冷ややかな態度になる。彼女たちは古来からの産む女、養う女の誇りを持っており、自分たちの粘着性こそ、世界のはじめから一貫性をつくってきたのだと信じているのだ。ガソリンでタールの汚れを懸命に拭きとるジャディーンの姿は、沼女たちの原始的な母性を頑強に拒む彼女を表している。

さらにジャディーンは、「大地の子宮」のようなエロエの深い闇で見た夢の中で、様々な女たちに取り巻かれる。死んだ母親、オンディーヌ、テレーズ、エロエで出会った女たちはてんでにはだけた乳房を彼女に向け、カナリア色の衣の女は純白な三つの卵をかかげてみせる。「あたしにだって胸はある」と抗弁するジャディーンではあるが、彼女たちが伝えようとするメッセージ、養うものとしての女性の資質を自分の内に見いだすことはない。

サンとジャディーンの葛藤が極限的状態になったとき、サンはいやがるジャディーンに憎悪をこめて、「兎の兄いとタール人形」の話を強引に聴かせる。しかし、サンがジャディーンのセクシュアリティによって白人社会に引き込まれることを憎悪すると同様に、ジャディーンは自分を「茨のやぶ」の中に拉致《らち》しようとしているサンの意志を、沼女たちのタール性とともに恐れている。彼女にとっては、サンがタール人形なのだ。

伝統との決別

独立を尊ぶあまり、自身の、そして他者の内のタール性を拒否したジャディーンは、最終的には文化的な孤児であることをまぬがれない。

自身のアイデンティティを確かめるためにパリを離れたはずの彼女が、再びパリへ帰って行くとき、誇っているのは帰属や連帯の発見ではなく、誰にも犯すことを許さなかった自身の自由である。「どんな男性であろうとも、その大きな醜い手で、鞍《くら》やくつわを着けられるように馴らされるのを拒み」、一方的に別離を決意し男のもとを去ってきた行動力を誇り、「彼女のほうが細身で男になったような気分」になっている。

ジャディーンが叔母オンディーヌの娘になることを拒否したことは、彼女の伝統との決別を決定的にする。

女主人マーガレットとの対決で率直になることの勇気を持ったオンディーヌは、老いた自分たち夫婦を見捨てるようにパリに発っていく姪に、「ジャディーン、女の子はまず娘になることを学ばなきゃいけないんだよ。娘になることを学ばなければ、女になることを決して学べないんだよ。本物の女にね……」、「娘というものは自分の出自を大切にし、自分を大切にしてくれた人を大切にするものだよ」と説くが、ジャディーンは、「わたしはあなたのようにはなりたくないのよ……そんな女になりたくないから、あんたが言っているような女になることも学びたくない」と言明する。臆病さとエゴイズムをむき出しにした、個人主義を響かせた伝統からの独立宣言である。

神話の森の中へ

しかし、アフリカ系市民が民族の精神を養う一方で、現代の要請に調和して生きられる状況がアメリカ社会に存在しない（少なくともこの作品には示されていない）ことは確かである。容易に解決の見いだせない問題の深刻さは、小説をそれらしい結末のつかないオープン－エンディングで終わらせる。問題は個々の読者に預けられてしまうのだ。作者は自身の根を絶って完全な同化という未来を選んだジャディーンとは対照的に、現代文明に背いて過去への途《みち》をとるサンを描くことで物語を閉じる。神話の森の中にサンを誘い入れるのだ。

眼の不自由なテレーズは、老いた後も乳の出る胸を持つ不思議な女性であるが、蓬髪《ほうはつ》のサンを初めて見かけたとき、熱帯雨林に住む伝説の黒人の一人に違いないと思い込んだ。彼女は、ジャディーンをどこまでも追い続けようとする決意をもって騎士の島に戻ってきたサンを、なかば欺くように森の入口に導き連れてくることを躊躇しない。「急いで」と夜の闇の中でささやく。「あの男たちはあんたを待っているよ」。

森の中に消えていくサンのリズミカルな駆け足は、白人の手から放されて茨の茂みを跳ねていく兎の兄いのそれである。

四　作品の背景と同時代の作家

キング牧師とマルカムX

『ソロモンの歌』が出版された前年の一九七六年に、アリス＝ウォーカーが発表した二作目の長編『メリディアン』は、二つの点で『ソロモンの歌』と『タール－ベイビー』との興味深い対比を可能にする。第一は、一九六〇年代以後の黒人の白人に対する態度や関係のあり方について、第二は、伝統的な黒人女性像を現代の黒人女性がいかに相続すべきか、という問題をめぐる対比である。

秘密結社セブン－デイズの一員であるギターが、その報復任務を与えられたバーミンガムの黒人教会爆破事件は、一九六三年に起こっている。四人の少女の命を奪ったこのテロ事件は、その約半月前の八月二十八日、マーティン＝ルーサー＝キング牧師がワシントンの議事堂前に集まった二十五万人の群衆に向かって行った、「私には夢がある」のスピーチが描いた白人と黒人が共存共栄する未来を引き裂くものであった。この集会を「たかが一日だけの『人種融合』のピクニック」「ワシントンの茶番劇」と呼んだのは、この頃から全国的に知られるようになったマルカムXであった。

黒人に決して平等の権利を持たせたくない白人社会の変革に対する腰の重さや、過激な人種差別主義者の暴力を日々に体験していた多くの黒人が、キング牧師の非暴力主義に限界を覚え、白人と

マーティン＝ルーサー＝キング

マルカムX

の融合調和を唱える態度を「白人迎合主義《アンクルトムイズム》」と呼び、白人からの分離独立を主張するブラック－ナショナリストとしてのマルカムXの雄弁に強い共鳴を示すようになるのもこの時期からである。

ギターの過激な思想や行動には、この時期のマルカムXを連想させるものがあり、それに対するミルクマンの非暴力の態度は勢いキング牧師のそれを思い起こさせる。銃を置いて立ち上がったギターと、彼の胸に向かって飛んだミルクマンのその後は読者の想像に任せるしかないように、やがて自身の逆差別と白人に対する偏見の誤りを認め、より広い視野に立って路線を修正していくかに見えたマルカムXと、非暴力を貫き通したキング牧師の両者が、ともにあの暗殺の悲劇を免れていたら、どんな連帯を結んで黒人の未来を示したかは、残された生者の無念の想像裡に留まる。

『メリディアン』で同名の主人公が青春を過ごした一九六〇年代は、いささかでも政治意識を持つアフリカ系市民であれば、過激な思想や行動の是非を考えざるを得ないような状況であった。作中ウォーカーは暴力の犠牲になった人々の名前を墓碑銘のように列挙し、「それは死によって刻まれた十年だった」と語っている。メリディアンが属する公民権運動の活動グループが、「革命のためには人を殺す」という緊迫した誓言《せいごん》を交わしたのは、ジョン＝F＝ケネディが一九六三年十一月二十二日（ミルクマンがギターに向かって飛んだ数週間後）に、マルカムXが一九六五年二月二十一日に暗殺された後のことである。

革命のために自分の命を捨てることは厭わないが、「人を殺す」とは誓えないメリディアンは、キング牧師とマルカムXが投じた問題を自らの問題として、その後十年の間考え続けることになる。

民族の精神性

モリスンもウォーカーも、それぞれの主人公を報復の論理に承服させないだけではない。彼らはいわば、仲間同士の亀裂さえ生み出している目前の人種抗争に疲弊し、焦燥と絶望の袋小路に追い詰められていた黒人の憎悪に代わる命の力を見いだす仕事を課されている。二人の作家はともに、主人公が民族に流れる精神性を獲得することにその可能性を託し、そしてその獲得は、歴史の発見と同胞の絆《きずな》の確認によって可能になるものと信じている。

たとえば人権という大義のためであっても、公然と殺人を犯すことは、民族の魂の純粋さを響かせている黒人の音楽を変容させてしまうのではと考えるメリディアンは、父親や友人ギターの健やかな精神をゆがめた憎悪の腐食作用に気づくミルクマンと同じ地点に立っている。メリディアンが、自分は殺すことも辞さないで未来を拓《ひら》いていく革命家ではなく、血に汚れて苦しむ革命家に先祖が遺した古い歌を唱《うた》ってやる者なのだという確信を得たのは、指導者たちの死とともに「革命の一九六〇年代」が過ぎた後である。この確信は一九六〇年代のほとぼりが冷めた後も、彼女が南部の貧しい人々の間で生きて、たった一人で続けた公民権運動の経験を通して見いだした、民衆の歴史と文化によって裏づけされた。

ともあれモリスンがミルクマンに、ウォーカーがメリディアンに獲得させた精神性（それを愛と呼んでもいいだろう）は、一九七〇年以降も遅々として終わらない人種間の差別や偏見が起こす問題に、黒人がどんな心の姿勢をとって取り組むべきかを示唆するものである。

黒人女性の伝統と現在

ミルクマンの成長を描く際、無自覚な性差別主義者《セクシスト》としてのミルクマンの変貌を記すことをモリスンは怠らない。同じ一九六〇年代に生きるメリディアンが眼を開くのは白人による人種差別だけでなく、同胞の男性たちによる黒人女性に対する性差別であり、一方では伝統的な女性像が現代の黒人女性にもたらす心理的な圧迫である。これは『タール・ベイビー』でジャディーンが感じなければならない圧迫でもあり、妻や母である以上に、生き方の選択がさらに広い範囲で可能になりつつあったフェミニズム運動以後の黒人女性が、考えなければならない問題でもある。母娘、あるいは妻であることに先立って、個人としての自由と可能性を選ぶ女たちは、養う者としての黒人女性の伝統に背を向けなければならないのか。ジャディーンは（そしてスーラも）伝統の相続を拒否するという逃避の途《みち》を選んだが、モリスンは、歴史的連続性を失った完全な個人主義が、何かを成就できるとは信じていないのだ。[*15]

一方メリディアンは、心身を病むほど悩み抜いている。子供を守り育てるために、自身の成長を含めたあらゆる自己犠牲を惜しまず、言語を絶する忍耐と努力と工夫の限りを尽くした曾祖母、祖母そして母の歴史は、メリディアンに彼女たちに対する畏敬の念を抱かせるだけでなく、自己否定と自責の地獄に追いやっている。なぜなら彼女は息子を養子に手放して大学に進学し、後には不実な恋人の子を中絶し、母となることを拒絶することで、自らの成長の機会を摑んでいるからだ。

しかし、肉体的に母になることだけが先祖の女性たちの母性の精神を相続することになるのだろうか。この問いに対する一つの答えは、一九七〇年代に入っても単独で公民権運動を続けるメリディアンの姿に見いだされる。選挙人名簿への登録を勧めに訪れる村や町で人々の悩みの聴き手となり苦しみの共有者になっていくメリディアンは、いわば、この人々の精神的な母とも言うべき役割を果たしているからだ。

因習的な女性観の産物である母性神話の呪縛から自己を解放する一方で、過去の歴史の中で黒人女性が発揮していた養う者としての豊かさをいかに受け継いでいくかが、公民権運動やフェミニズム運動を通して黒人として女性としての意識に目覚めた、黒人女性たちの課題であるようだ。

■Ⅴ章註

＊1　"The Site of Memory," *Inventing the Truth*, 123-124.

＊2　*Conversations*, 122.

＊3　Toni Morrison, "Rootedness : The Ancestor as Foundation," *Black Women Writers 1950-1980*, ed. Marie Evans (New York : Doubleday, 1984), 343.

＊4　Ibid., 344.

＊5　対岸はカナダ。奴隷制の時代に南部から自由を求めて逃亡してくる奴隷にとっては、最終目的地であったことから象徴的な意味を持ち、作者はそれを読者に思い起こさせようとしている。Toni Morrison, "The Afro-American Presence in American Literature," *Toni Morrison*, ed. Harold Bloom (New York : Chelsea House Publishers, 1990), 224.

＊6　現在でも残っている迷信で、黒人作家ラルフ＝エリスン（Ralph Ellison）の *Invisible Man* や黒人女性作家ティナ＝マクロイ＝アンサ（Tina McEloroy Ansa）の *Baby of the Family* の中でも用いられている。

＊7　メリッサ＝ウォーカーは、公民権運動の軌跡を文脈にした現代黒人女性作家論の中で、ギターとマルカムXの類似を、具体的に詳細をあげて指摘している。Mellissa Walker, *Down from the Mountain Top : Black Women's Novels in the Walk of Civil Rights Movement, 1966-1989* (New York and London : Yale University Press, 1991), 142-143.

＊8　一九六三年九月、バーミンガム市十六番通りの黒人バプテスト教会が日曜礼拝の最中に爆破され、四人の聖歌隊の少女が殺された。彼女たちはちょうど「許す愛」を唱《うた》い終わったところだった。その後同日に同市では、二人の若者が白人によって殺されている。二十五万人を動員したワシントン大行進の成功（八月二十八日）の二週間後に起きたこの事件は、「白人の反動派の巻き返し《ホワイト・バックラッシュ》」を示すものとして知られている。

＊9　モリスンの母親の実家には、家系を語るわらべ歌のようなものが実際に伝わっていて、それがヒントになっ

た。*Conversations*, 173.

＊10 Ibid., 270.

＊11 Ibid., 47, 102, 122.

＊12 Ibid., 147.

＊13 Ibid., 148.

＊14 Rastafarian　元来はエチオピア皇帝ハイレ＝セラシエ（Haile Selassie　一八九一－一九七五）を神として尊崇するジャマイカの黒人。由来は皇帝の称号 Ras Tafari から。ジャマイカの国民的英雄であるレゲエ歌手ボブ＝マリーもその一人で、彼の髪型は、まさにラスタファリアンのそれである。

＊15 「先祖を殺せば、あなた自身を殺すことになります。歴史的連続性の意識を持たずに、百パーセント自己を頼んでいる人に素晴らしいことが常に起きることはないのだという危険を私は指摘したいのです」とモリスンは語っている。"Rootedness : The Ancestor as Foundation," *Black Women Writers 1950-1980*, 344.

Ⅵ 記憶としての歴史

一　歴史の証人としての黒人女性

過去への眼差し

『タール＝ベイビー』が出版された一九八一年には、モリスンは、アメリカ学士院会員に選出された。またこの年には彼女のポートレートが『ニューズウィーク』誌の表紙を飾っているが、これらの出来事は、実力・名声ともに彼女の作家としての地位が揺るぎないものになったことを語っている。一九八四年にニューヨーク州立大学オールバニー校の教授に迎えられたのを機に、二十年来勤めていたランダムハウス社を辞し、創作により多くの時間をさける環境が整い、三年後には傑作『ビラヴィド』が発表されることになる。

すでにI章のマーガレット＝ガーナーの項で述べたことだが、『ビラヴィド』は一八五六年に起きた女逃亡奴隷の子殺しに想を得たものである。この作品の特質は、子を殺した後も生き続けなければならなかった母親の内なる世界に、作者の眼が向けられることで生まれているのだが、歴史の姿を個人の内的思索を通して映し出す試みは、『ビラヴィド』の前年に上演された『夢見るエメット』の脚本にすでに見られる。

これは一九五五年に起きたエメット＝ティル事件（III章註9）の劇化であり、モリスンが書いた唯一のドラマである。この中ですでに死んで夢を見ている状態のエメットは、三十年前の自身の死の苦痛を記憶に呼び起こし、復讐を求め、歴史の中に自身の場所を求める。彼は自分を殺害した白人や自分の家族の霊を想像裡に呼び出して、自身の死の、ひいては生の意味を見いだそうとするのだ。あれほど世間を震撼させた十四歳の黒人少年の殺害事件も、歴史に類を見ないほど激しい変化を経験した三十年の月日をはさんだ後は、その衝撃を風化させ、その意味をあいまいにする。その状況の中で、モリスンは「歴史とは何か」を問い直すべく、過去に向ける眼差しをいっそう深くしていく。[*1]

もし私たちが知らないのなら

モリスンが小説を書き始めた一九六〇年代以降の時代の変化の激しさは、過去の認識や継承を危うくするほどである。それまでは親から子へと伝承されるかたちで、個々の記憶の中にようやくとどめられていたアメリカ黒人の過去も、非常な速度で忘れられていくことをモリスンは、多くの黒人女性作家とともに懸念している。[*2]

彼女たちに共通するのは、遠くなっていく過去の史実を掘り起こし、そこに生きた女性の姿を想像力によって甦らせようとする情熱と使命感である。一九六〇年代から八〇年代にかけて発表された「ネオ-スレイヴ-ナラティヴ」とも呼ばれる奴隷制を背景にした小説が顕著にそれを示している。[*3]例えば、マーガレット＝ウォーカーは、祖母から語り継がれた、奴隷だった曾祖母の生涯を描いた『歓喜の歌《ジュブリー》』（一九六六）を発表し、シャーリー＝アン＝ウィリアムズは、白人を殺害し叛乱を首謀した実在の女奴隷デッサ＝ローザをモデルにした同名の作品を、『ビラヴィド』が発表される前年に世に出している。これらの作品の細部にわたるリアリティ、その血肉が口承によって、あるいは活字によって伝えられた無数の「奴隷の自伝《スレイヴ・ナラティヴ》」を根拠にして形成されているという事実は、無名の先祖たちと現代の作家たちを結ぶ連続性の何よりの証拠であろう。

黒人女性たちは、自らが生きる時代のざわめきを敏感に受け止め、その混乱や趨勢を自らが紡ぎ出す歴史のパースペクティヴの中で見きわめようとしているのだ。彼女たちにとって過去を知ることは、自らを知り未来を見いだそうとする行為にもなる。

「私たち女性が、私たち黒人女性が、私たちアメリカに生きる第三世界の女たちが、それ（私たちの過去）を知らなければ、それは誰からも知られることはないのです」と語るモリスンは、自らの作品を、喪失の危機にさらされている「歴史の証人」として位置づける。

忘却と記憶の間で

「あの時代に関して書くことには大変な抵抗がありました。そして気がついたのは、本当はそれについて自分は何も知らなかったということです[*4]」と、奴隷制に対して自らがとっていた回避の態度を振り返るモリスンは、白人も黒人も含めて三百年続いたこの制度と、制度が紡いだ歴史から意識的に眼をそらせようとするアメリカ人全体の傾向を「国民的記憶喪失[*5]」と呼ぶ。

そして、語るに耐えないほどの悲惨な過去を振り返らないことによって生きながらえてきたアフリカ系市民は、そうすることによって先祖を祀り、現在を過去につないで認識するという生者の責任を放棄しているのだと、モリスンは考える。*6

過去を掘り起こすモリスンは、過去を忘れたいと望んでいる人々の心的外傷《トラウマ》を描かなければならない。『ビラヴィド』と『ジャズ』で彼女は、自らの耐え難い過去を現在から遮断しようとする忘却への意志と執拗に甦り続ける記憶の間で引き裂かれる人々のドラマを通して、歴史を再生している。

『ビラヴィド』の物語の現在は、南北戦争が終了して八年後の一八七三年、政治的には南部諸州の合衆国への再統合の時代《リコンストラクション》（一八六五―七七）にあたり、舞台となっているのは、オハイオ州シンシナティの黒人共同体である。主人公のセサやポールDは、奴隷時代に心身に刻まれた癒しがたい傷といかに折り合っていくかという問題を解決しなければならない。

一方、『ジャズ』の物語の現在は、一九二六年のニューヨークのハーレムである。ここに響きわたるジャズの音は、自由と享楽、熱狂と陶酔の背後から、住民たちの抑圧された怒りや哀しみを、彼らがこの大都会に辿りつく前になめた辛酸の記憶をほのめかす。そしてジョー＝トレースと彼の妻ヴァイオレットが、密かに忘却に付したはずのヴァージニアで受けた心的外傷《トラウマ》も、ジャズの挑発の中で目を覚ますのだ。

母と子の別離

いずれの作品においても、主人公たちが忘れようと努める、しかも決して忘れることのできない過去は、異常な状況の中での母と子の別離というかたちをとり、彼らが耐えている母の不在は、歴史の断絶や伝統の哀退を象徴するものともなっている。

『ビラヴィド』では、セサにつきまとって離れない殺された娘の幽霊が、『ジャズ』では、中年の夫婦の深奥に抑圧されている自分たちを捨てた母親の記憶が、彼らを否応なく耐えがたい過去と向き合わせる。

これは大きな苦しみを伴った自己認識のための心の旅であり、過去を忘れようとして存在の連続性を、そしてその結果、未来を失った者たちが辿らなければならない再生への途《みち》である。

ワイルドな精神

この二つの作品の底に流れているのは、登場人物たちの〝ワイルド〟な精神である。子供を守るためにその子を殺すことを選ぶセサの母性愛も、彼岸からもどって来て母の愛をせがみ続ける娘のビラヴィドの飢餓感もワイルドである。凶暴なまでの激しさを表すこの形容詞は、追いつめられた手おいの動物のようになって、極限状態を生きなければならない登場人物の描写にしばしば雄弁に用いられているが、『ジャズ』では、ジョー＝トレースの母親の呼び名となっている。森の中から突然全裸で現れ、産んだ子を抱くことすら拒んで姿を消した野性の女性である。

そして五十年後、ハーレムの街角でジョーの心をとらえた小娘ドーカスは、頬についた疵《きず》と御しがたい奔放さで、ワイルドの転生を思わせる存在となっている。

この女たちの社会通念を越えた猛々しい自我の主張は、民族の一人ひとりが負っている傷の深さを示唆する一方で、その一人ひとりの激しく抵抗する生命力の表現ともなっている。わけても奴隷制度の犠牲者を代表するビラヴィドや、白人のリンチと焼き打ちによって両親を殺されたドーカスの傍若無人のワイルドな振る舞いは、両義的である。

彼女たちそれぞれは、その場限りの生を生き延びようとする人々が忘却と引き換えに得た平穏を容赦なく破りはするが、彼らを過去と向き合わせ、認識と和解そして浄化がもたらされて初めて可能になる未来への出発を促す媒介ともなるのだ。[*7]

口承文化の伝統を生かす

『ビラヴィド』と『ジャズ』は、円熟期を迎えたモリスンが、口承文化の特徴を最大限に活字の中に移し変えることに成功した作品である。すなわち、ストーリーテリング、礼拝の中の説教と合唱、世俗の歌などの風習や習慣に養われた言語とリズム、周囲の人々を巻き込んでいく即興性やコールとレスポンスのパターンが、文字文学の中に甦るのだ。

特に初期の時代からモリスンが心がけてきた、共同体の気配をギリシャ悲劇のコーラスのように用いる工夫が、これらの作品では見事に成功している。主人公たちを取り囲み、彼らの行動に反応し、彼らの運命の行方を見守り、唱《うた》いあるいは語る共同体の声は、モリスン文学独特のコスミックな壮大さと生の神秘を反響させている。

かつてモリスンは、黒人教会における牧師の説教は、彼の言葉に感動して思わず席を立ち、泣き、叫び、あるいは同意したりコメントを加えたりする会衆によって支えられていることを指摘し、彼女の理想は自分の作品に読者を参加させ、会衆が牧師に示したような反応《レスポンス》を読者から引き出す共同体の文学、彼女の表現に従えば「村の文学」を生み出すことであると語ったことがある。[*8]

共同体で生まれ育った口承文化を活字によって受け継ぐことによって、これらの二作品は、作品と読者との間に共同体を創り出し、読者の「内臓から湧き上がってくるような[*9]」反応を呼び起こすことに成功している。

二『ビラヴィド』

ゴースト‐ストーリーと スレイヴ‐ナラティヴ　奴隷だった人々の心の中で解決がつけられていない過去、忘れようとしても常に立ち戻ってくる過去との対決がテーマとなっているこの作品の形式は、きわめて自然に黒人口承文学の二つのジャンルを受け継いでいる。一つはすでに述べたスレイヴ‐ナラティヴであり、もう一つはゴーストストーリーである。あの世から戻ってきたビラヴィドは、愛するがゆえにわが子を殺したセサの子供への思いと罪の意識の具現であり、同時に、「耐え難い過去」から目を背けようとする人々によって忘却の彼方に置き去りにされた、名もない奴隷制の犠牲者たちの怨念でもある。

沈黙の中から語り出す　『ビラヴィド』は、多くの人々の「奴隷の自伝《スレイヴ‐ナラティヴ》」で満ちている。それは説教師ベイビー＝サッグスが嫁のセサや孫のデンヴァーに語る、セサが娘のデンヴァーやビラヴィドに語る、セサの愛人ポールDがセサに語る、共同体の長老スタンプ＝ペイドがポールDに語るそれぞれの過去である。彼らの声は深い沈黙の淵から立ちのぼり、決して消滅することなく甦り続ける耐え難い過去の記憶（セサは「リメモリー（rememory）」という造語で

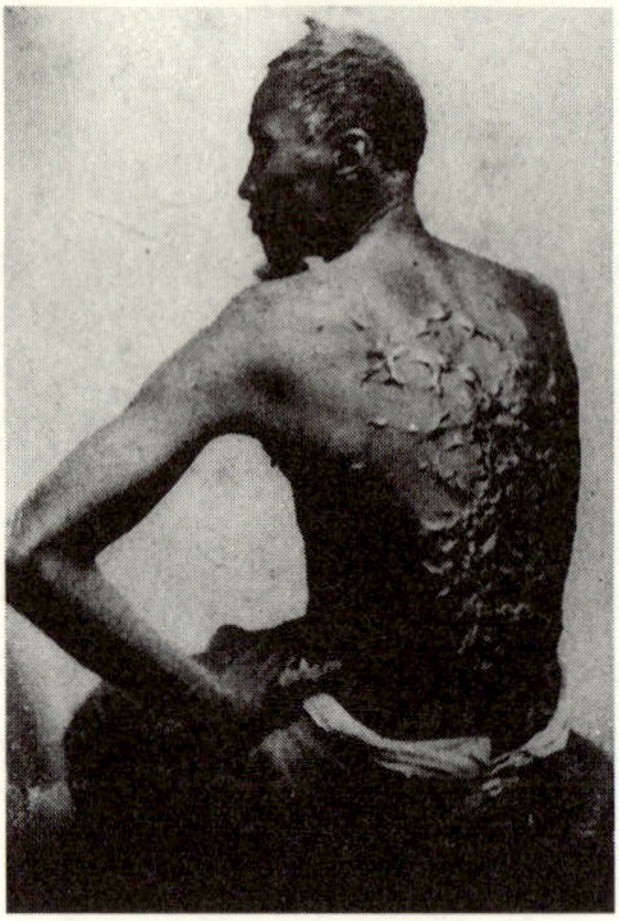

逃亡奴隷の鞭の跡

呼んでいる）と、忘却への意志との葛藤の中から語り出す。

共同体から孤立したまま十八年の歳月を過ごしたセサと、度重《たびかさ》なる逃亡と放浪の十八年を送ったポールDとの再会は、独りで唱《うた》うか呟く以外は、二人が沈黙の中に閉じ込めてきた過去が反乱を起こす機会にもなった。ケンタッキーのスイートホーム農園で同じ奴隷だったセサとポールDは集団逃亡に失敗、離散して以来の苦難を打ち明け合う相手に初めて巡り合ったのだから。

再会早々に、「わたしの背中には木が生えている」、「やつらはわたしの乳を盗んだ」という二つのフレーズを、ブルースを唱うように繰り返すセサは、自身が受けた凌辱と背中に傷痕を残した鞭打ちの経験を脳裏に甦らせる。ポールDは、彼女が三人の白人に「乳を盗まれる」のを屋根裏から目撃して正気を失った彼女の夫ハーレの姿を知らせなくてはならない。そうすることでポールDが思い出すのは、そのとき獣のようにハミをはめられていた自身の姿である。

こうして自分史を語り出すことは、互いの癒しと再生のための不可欠なプロセスとなる。よき聴き手を得て語るという行為は、閉塞と孤立に終焉をもたらし、自身の姿を歴史のパースペクティヴの中に導き入れることを可能にする。奴隷制度のもとでは定義して支配される客体でしかなかった黒人が、自ら語る主体となって自らの歴史を取り戻すことは、個人として、同時に民族としての自我《セルフ》の奪回と解放をもたらす。しかし、物語の展開は耐え難い過去と向き合い、それを語る行為が困難に満ちた試みであることを示し続けるのだ。彼らは言語を絶した経験を盛る言葉を捜しあぐねる。さらに、奴隷という運命を共有したにもかかわらず、男女の性差や母と子の立場の違いは、信頼したはずの聴き手に自らの物語を理解させることができない事態も招くからだ。

ビラヴィドの出現

ポールDがセサの家を訪れて最初にしたことは、セサとセサの娘デンヴァーを悩ましているらしい赤ん坊の幽霊を追い出すことであるが、力ずくでは過去は消滅しない。まもなくビラヴィドと名のる若い女性が現れて、この家にいついてしまう。「愛されし者《ビラヴィド》」、それはセサが十八年前、自らの手で殺した赤ん坊の墓に刻んだ銘でもある。この不思議な女は、躊躇と中断を繰り返しながら小出しに過去を語り出したポールDとセサを、さらに残酷に記憶の奔流の只中に押し出す媒介となっていく。

凌辱された自我

奴隷としての経験が二人の心に喰い込ませた傷を一言で表現すれば、「自我への凌辱」である。ポールDに、自らの男性としての資質を疑わせ、女性であるセサに、自身の「最良の部分」であるわが子を殺すことを躊躇させなかった凌辱である。「働かせたり、殺したり、不具にしたりするだけではないんだよ。お前を汚しちまうんだよ。あんまりひどく汚しちまうんで、もう自分が好きになれないくらいにね。あんまりひどく汚しちまうんで、自分が誰だか忘れちまって思い出せないくらいにだよ」というセサの言葉が、その致命的な破壊力を納得させる。

セサの姑のベイビー゠サッグスが、森の中の礼拝で会衆に「汝自身を愛せ」と呼びかけたのは、自己愛・自己肯定によって汚され崩壊した自我の回復が何よりも必要だったからだし、十八年前にセサが死を選んだのは、この凌辱をわが子には受けさせまいと決意したからだ。

愛の殺人

セサが家族の死を選んだのは、激しい母性愛を支えに単独でケンタッキーからオハイオまでの逃走を実現し、生まれて初めて自身の力を自覚した結果、人として子を「愛する権利」を認識した日から二十九日後のことである。逃亡中に彼女を生かし続けたのは、お腹の子（オハイオ河のほとりで産まれたデンヴァー）を死なせてはならないという母の意識であり、先に逃がした、離乳食を始めていない二歳の幼女に、乳を届けなければならないという母の思いである。

捕獲人に発見されたとき、セサは母子五人で「安全な」あの世に逃れようとしたのだが、幼女の命を絶ったところで追いつかれる。セサの行為を責めることも肯定することもできないベイビー゠サッグスは、説教師であることも共同体の柱であることもやめて絶望のうちに死を迎え、二人の息子は、自分たちを殺そうとした母親と赤ん坊の幽霊を恐れて家を出ている。他人の理解も同情も求めないセサの誇り高さは、彼女と生き残った娘デンヴァーを共同体から孤立させ、彼女の激しい母性愛は、デンヴァーの自我の成長の妨げにさえなっている。

セサの記憶に最も鮮やかに焼きついているのはこの子殺しの情景であり、彼女が最後まで語る言葉を見いだせないでいるのもこの過去である。彼女は、時期が熟さないうちにこの秘密をポールDに語りださなければならなくなる。子を守るためには、人の法も神の摂理も思慮の外にした、「どこで世界が終わり、どこで彼女が始まるかの意識さえなかった」彼女の主張の不遜さに恐怖を覚えたポールDは、「あんたの愛は濃すぎるよ」と言って去っていく。

噴出する言葉と情念の修羅場

セサが自分の家に住みついたビラヴィドの正体に気づくのは、ポールDが出ていった後で、昔セサが子供たちに唱《うた》ってやった自作の子守歌を口ずさんだときである。死んだ娘が帰ってきてくれたのだから、記憶に苦しめられながら、虚しく忘れる努力をする必要はもうないのだと知る解放感と喜び。ポールDが理解することを拒んだ自らの行為を、ビラヴィドだけはわかってくれると信じてセサが語り出すとき、過去は堰を切って現在を覆い、セサのみならず、暴力的な死によって別離を強いられたビラヴィドと、母娘だけの孤立した生に閉じ込められてきたデンヴァーの抑圧されてきた思いが噴き出す。

三人の女たちの「語られたことのない、語ることのできない思い」は、とどまることのない声となって吐き出されていく。彼女たちは母として、娘として、姉妹として、満たされなかった愛への飢餓をあらわにして、互いに相手は「わたしのもの」だと主張し、相手の自我を無視し、自らの自我を危うくしながら、情念の修羅場にはまりこんでいく。とりわけ、忽然と現れてセサにまとわりつき、ポールDを誘惑することによって追放し、ついに外界から隔絶した家の中でセサを独占することに成功したビラヴィドの母への飢餓と怨念は、常軌を逸したものである。殺された幼女のままの精神と知性を大人の体に宿らせているビラヴィドには、追いつめられた母の立場がわかるはずもない。ただひたすらあのとき「あたしの顔を持ったまま」自分を置き去りにしたセサを責め続け、その償いをさせるかのように彼女の愛と献身を際限なくむさぼるビラヴィドと、ビラヴィドの要求に奴隷のように屈するセサ。セサは狂気と死の際に追いつめられる。

語られる母の歴史

しかし、ビラヴィドの許すことを知らない難詰が、男のポールDには打ち明けなかった過去を語らせていることの意味は大きい。セサはどんなにビラヴィドを愛したか、すなわち、「彼女がしたことは、真実の愛から出た行為だったので正しかったのだ」ということをビラヴィドに納得させるために、それまでは言葉で表現することのなかった自身の経験を細々と語り続ける。スイートホーム農園での奴隷としての母子の暮らし、逃亡、そして捕獲人に追いつめられて死を選んだ状況、石工に身を売って「ビラヴィド」の墓碑銘を彫らせたいきさつ。セサの語りは、母と娘の関係を視点にした黒人史を綴り出す。この語りをビラヴィドとともに聴くのは、二人の愛憎の渦からはじき出されたセサのもう一人の娘デンヴァーである。

思い出したくもない過去の出来事の中で、奇跡のようなデンヴァーの誕生は例外だったから、セサは以前から彼女に、十九歳の逃亡奴隷だった自分が、山中で出会ったデンヴァーという脱走した年季奉公の白人少女に助けられて出産したときの様子を伝えていた。しかし、ビラヴィドが一二四番地に現れ物語をせがみ出すことで、デンヴァーはさらに深く母親の過去を知るようになる。

ビラヴィドが何よりも知りたがるのは、セサの過去、とりわけ娘のときはどんな母親を持ち、また自らが母親となってからは、どう行動したかである。彼女の物語への飢餓感は、母の不在の彼岸での十八年間、空洞の不安にさいなまれた幼女の魂をありありと感じさせる。その魂は今、母親の生きた時間を取り込んで、歴史を持つ存在になろうと必死になっている。一方、ビラヴィドに、デンヴァーを産んだときのセサの様子を話してくれとせがまれるデンヴァーも、あんたの母親はあんたの髪を梳《と》かしてくれたかと問われるセサも、ビラヴィドの要求に応えてそれぞれの母の姿を語り出し、母と娘の血の連続性を通して歴史的な視野を獲得していく。

デンヴァーは、ケンタッキーの山の中を逃げていく十九歳の奴隷になり切ってセサの苦痛と恐怖を追体験し、一方セサは、彼女に満足に授乳することさえできずにいた母親が、自分の死後も、わが子が先祖の記憶を持たない者にならないために払った工夫を思い出す。わが子にその子の父親の名セサをつけ、自分の死体を見分ける目印にと胸を開いて焼印を見せた、アフリカの言語を話していた母親の姿をセサの脳裏に三十年ぶりに甦らせたのは、セサの辛い過去への忘却の意志を上回る、ビラヴィドの知ることへの欲望である。記憶と想像力から過去を物語ることは、奴隷制の時代、公の記録に遺されない母の歴史が娘に相続される唯一の方法だった。

語り出された母の歴史は、ポールDが「濃すぎる愛」と呼んだ母性愛の出所を明らかにする。離乳期以前から母の不在を経験し、母に代わる女性も、自身を知る手がかりとなる兄弟や姉妹もいなかった奴隷には珍しくない境遇は、セサにも姑のベイビー＝サッグスにも共通するのだが、モリスンは、二人の心に刻まれた空洞感や根源的な不安、自我《セルフ》の不在感を強調する。そしてこの女性たちの母の愛への飢餓は、彼女たちを自ら母の愛を実践する者とし、その実践によって初めて彼女たちは、自らの自我を感じるのだ。

母性愛と自我

ベイビー＝サッグスは、共同体に愛を呼びかける説教師となることで、セサは命がけの逃亡を果たして子供と自身との自由を手にすることで、運命が定めた限界を破って変身を遂げたのである。「そう望めば、この世にわたしが愛することができない者など存在しなかった」と、自力で得た自由と自我の意識の中でセサは感じている。

セサの愛が濃すぎるというポールDの非難に対して、「愛はあるかないかのどっちかよ。薄い愛なんか愛じゃない」とセサは応えている。愛する対象が常に奪われ破壊され、愛する行為が己れの精神の崩壊を招きかねない状況にあって、独身の男であるポールDと、四人の子供の母親であるセサの姿勢は大きく違う。彼は「自分を守って小さく愛した」のだ。人を愛する危険を避け、一番小さな星や小さな木をひっそり愛したのだ。

しかしセサの愛は自身《セルフ》を崩壊させる愛でもある。モリスンはセサを「自身以上に他を愛しすぎた女」[*10]と呼び、人間が持つ最良のものである愛が、他者を自己以上に愛することによって、自身の価値の認識や自身の存続さえも妨げる破壊的な作用をする不思議さに深くうたれている。そしてビラヴィドに対するセサの献身を極限にまで展開させる一方で、これを目撃しているデンヴァーを、その存在なくしては人間としての生もありえない「自身《セルフ》」の認識に導くとき、モリスンの筆力は個我と個我を越えた愛という、生の二つの原理の緊張に満ちた関係に、読者の思索を促す。

自身と共同体

自身を守ってこそ母親も救える。その自身を守るために、デンヴァーは母親が背を向けた共同体の中に助けを求めて入っていく。こうして自閉の殻を破ることは、人々の閉ざされていた心をも開くことになる。とりわけ奴隷としての過去を共有する女たちのセサへの共感や同情は、彼女たちの間に絶たれていた連帯と互助の精神を呼び起こす。一二四番地が常に友愛と互助が与えられる「地下鉄道」の「駅」として機能し、森の中でベイビー＝サッグスの呼びかけに応じて自分自身への愛を取り戻した一人ひとりの人格が、互いにハーモニーを求めて合唱した時代に生きていた精神である。

ビラヴィドという幽霊を追放しようと、セサの家の前に勢揃いした女たちとその光景を見たセサの記憶に甦ったのは、共同体のハーモニーに包まれて自由な自身を確認していた時代の自分たちの姿である。

ハーモニーの力

黒々と光る裸身のビラヴィドの姿を見た女たちが発した音は、言葉よりも古く、言葉よりも深い感情から湧き上がってくる声である。その声は、かつて森の中の礼拝でコールとレスポンスの嵐の中に解放と浄化を味わった人々が、「声に声を重ねて」「言葉の背を破り」、言葉より古い心の淵を響かせる音のハーモニーを捜した光景の中にセサを連れ戻す。「人々がその音を見つけたとき、それは深海のようにとどろく音の波となって、栗の木の豆さやを揺すり落とした。その音はセサの頭上で砕け、彼女は洗礼を受けた者のごとく、その音に洗われた」と描かれたハーモニーの発見である。

自身と同胞が一つになってサバイバルの途《みち》を発見することは、ポールDの経験の中にも含まれている。彼と四十五人の囚人たちは一本の鎖につながれて、長石の山でハンマーを握りながら、四十六人全員が生き延び無事に逃亡するまでの連帯と互助を学んだのだ。彼らは、自分たちの苦しみを自分たちだけに通じる言葉にしては唱《うた》い出し、互いに正気を保ち勇気を与え合った。「手には大ハンマーを持ち、ハイマンの指揮にしたがって男たちは耐えぬいた。歌にしては吐き出し、ハンマーに託して叩き出し、それと悟られないように言葉を不明瞭に濁し、語呂《ごろ》を合わせたり、発音を変えたりして、一つの音が二つ以上の意味にとれるように唱った」。彼らが会得した一体感は、森の中に響いたコーラスのハーモニーと同様の力を発揮して、雨の中の奇跡の脱走を実現している。

復活に向かって

ポールDが共有と連帯の意識を取り戻すのは、ベイビー＝サッグスの同志、「地下鉄道」のリーダーだった長老スタンプ＝ペイドの友情を通してである。自らの辛い過去を打ち明けるスタンプの行為は、黒人男性の心に負う傷をともに耐えようという年下の男への温かい呼びかけでもあり、自己不信と自虐を乗り越えて過去を受け入れる途《みち》への示唆である。

自身の過去を受け入れる心の変化は、セサの過去を受け入れることも可能にする。自分の物語をセサの物語の隣において生きたいと願うポールDは、セサこそは、ばらばらに砕かれた自身の存在を一つに回復してくれる女性だと気づき、彼女自身の掛け替えのない価値を教える者となる。ビラヴィドの消滅で、自身の最良のものを失ったと感じ、自らの存在に価値を見いだせないでいるセサに、「おまえが、おまえが持っている最良のものなんだよ、セサ。おまえがそうなんだ」と言い聴かせる。母親としてだけではなく、全人間的な存在としての自身への認識を促す言葉である。

名前を呼ぶことのできない先祖

「わたしを名前で呼んでちょうだい」と言ってビラヴィドはポールDを誘惑している。彼女は何者だったのか。セサにとっては自分が殺した娘だったが、モリスンはこの彼岸からの訪問者をそれ以上の存在として描いている。[*11] ビラヴィドの不思議なモノローグは、セサの娘が知るはずもない奴隷船の地獄のような光景を語っている。彼女は、作者がこの作品を捧げた中間航路の犠牲となった六千万余のアフリカ人でもある。

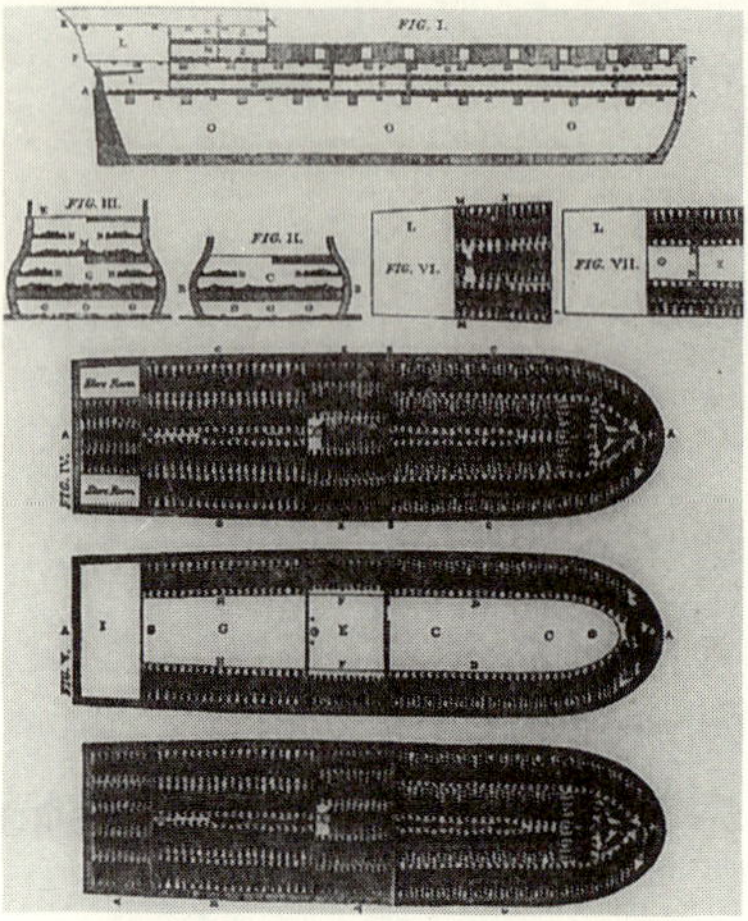

奴隷船内部の略図。マッチ棒のように並んでいるのは〝船荷〟として積み込まれたアフリカ人。

「愛されし者《ビラヴィド》」と銘を刻めても、その名によって呼ぶことのできない無名のアフリカ人の霊であり、また、セサを取り巻く共同体の女たちの隠された過去でもあろう。そうだとすれば、セサは殺した娘に責められているのと同時に、民族の過去を忘れて生きようとする姿勢を黒人の一人として問われているのであり、これは同時に共同体の人々にも課せられている問いである。

忘れてはならない物語

モリスンは、おのおのの想像のおもむくままに物語をつくった後に、寝苦しい眠りの中の悪夢を忘れるように、ビラヴィドを記憶の外に閉め出した共同体の人々の様子を詠唱する。その際、パラグラフごとに繰り返されるリフレインに、作者は相反する二つの意味（「語り伝える」「忘れる」）を持つ“pass on”という言葉を用いて、歴史の重荷を背負う人々の複雑な心理を暗示する。“It is not a story to pass on”というフレーズは、共同体の忘却をなじっているともとれる作者に、他人に語れるようななまやさしい物語ではないんだ、という気持ちを込めて、共同体が「それは語り伝えるべき物語ではなかったのだ」と唱《うた》っていると解釈できる一方で、作者自身が「それは忘れてしまってもよい物語ではなかった」と、共同体を責めているとも理解できる。

一つの表現に矛盾する意味を同時に機能させるのは、アフリカ人が英語を母語にする過程で、自分たちの英語に加えた特質である。“pass on”の「語り伝える」と「忘れる」という相反する二つの意味を響かせながら、このフレーズが最後に現在形に変わるとき、どんなに耐え難くても、やはり「それは忘れてはならない物語である」(It is not a story to pass on) という民族の過去に対する作者の姿勢が、同化と上昇を目指す今日のアフリカ系アメリカ市民の忘却への願いと拮抗するのである。

三 『ジャズ』

この作品は、ハーレムの風俗を撮り続けた写真家ジェイムス＝ヴァン＝ダー＝ジー[*12]の写真集『ハーレムの死者たち』に収められた、棺の中の一人の少女の写真と、その写真に添えられたジーのコメントに想を得ることから始まった。コメントによると、パーティで踊っていたその少女は、嫉妬に狂った男友だちに突然銃で撃たれたのだが、彼を無事に逃がすために、男の名前は「明日になったら言うわ」と言いながら死んでいったという。モリスンはこの少女に、自分以上に他者を愛し、自身の生をその愛のために犠牲にしたセサとの共通性を発見している。[*13]『ジャズ』の中で、この写真の少女のように死んでいくのは十八歳のドーカスで、彼女を消音装置付きの銃で撃つのは五十二歳のジョー＝トレースである。ドーカスはジョー以外のどんな人間の眼にも、気まぐれと嘘の固まりのように映る奔放で身勝手な女だが、ジョーをかばって死んでいく彼女の「ママは決して言わないわ」という呟きの中には、彼が生涯知ることのなかった母性愛が木霊《こだま》している。

母の不在

殺意に変わった慕情、そして終わりのない嘆き。ジョーの「ブルース風な愛」は、ハーレムの住人たちが心中に耐えている「母の不在」を意識に浮上させる契機となっている。ジョーとドーカスが、ジョーの妻ヴァイオレットが、ドーカスの養母である彼女の叔母アリスが、ドーカスの友人フェリスが耐えている「母の不在」である。そしてこの不在は、歴史の忘却、伝統の断絶、アイデンティティの不安や喪失のメタファーでもある。不在の母の面影を己れの心に呼び戻すことは、南部から遠く離れて生きる奴隷の子孫たちが、「本来の自身《オリジナルセルフ》」を取り戻そうとする努力でもあるのだ。

モリスンはジョーに、「母の痕跡を辿る者」として、“Trace”という名字を選ばせる。三歳のとき、養母に実の両親の所在をたずねると、「彼らは痕跡《トレース》ひとつ残さず消えちまったんだよ」と教えられたからだ。十三歳のとき、少年を一人前の狩人に仕込んでくれたハンターズ＝ハンターの呼び名を持つ男に、彼を産んだ女性は付近一帯の山野や畑を住処《すみか》としているが決して姿を見せないワイルドと呼ばれる伝説的な女性であることをほのめかされる。それ以来、ジョーはワイルドの姿を求め続けるが、母の認知を受けたいと希求する一方で、野性の女を母に持つことを哀しく恥じる。この両義的な態度には、アフリカ系アメリカ人が奴隷だった先祖に示す態

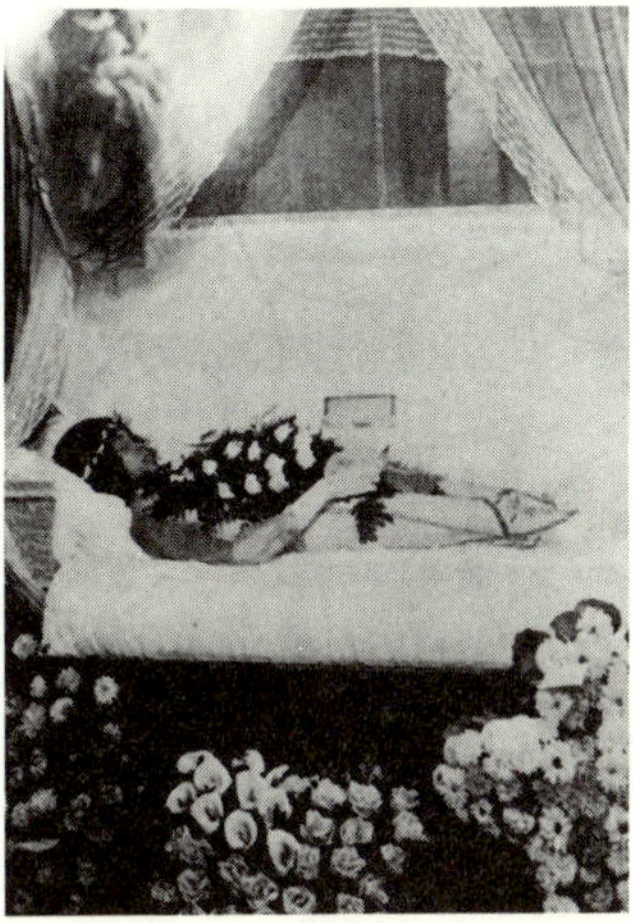

『ジャズ』のインスピレーションとなったジーの写真。

度と共通するものが見られる。

読者は、一八七三年にヴァージニアの森の中から忽然と現れた、黒檀色をした裸身の妊婦ワイルドを目撃する。[*14] 彼女は気絶したところを、通りがかりの白人と見まがうばかりの金髪の青年ゴールデン゠グレイに助けられてハンターズ゠ハンターの小屋に運ばれ、ジョーはハンターズの手によってこの世に引き出される。ゴールデンは、自分の父親が黒人であることを乳母から知らされて、その男（ハンターズ）を訪ねる旅の途中だったのだ。ワイルドは産んだ子を腕に抱くことさえ拒んで、やがてゴールデンと山野に消える。

母親の顔を知らぬままに北部にやってきたジョーが、五十を過ぎて宿命的な恋をする相手ドーカスは、ワイルドと同じように頬に傷のような痕をつけている。

ドーカスは、こうしてジョーの母親を思い起こさせるばかりか、ジョーの妻ヴァイオレットには、産んでいたらそうなっていたかも知れないジョーと自分の娘を想像させる存在である。極貧との闘いに疲れ果てて井戸に身投げをした母親ローザ゠ディアの人生を辿るまい、生涯子供は持つまいと十六歳のときにすでに決心したヴァイオレットは、五十の声を聴いて激しい「母になりたい《マザーハンガー》という欲望」を経験しているところなのだ。

過去からの反乱

ジョーの恋もヴァイオレットの「マザーハンガー」も、解決されないままに抑圧された過去の反乱であるが、二人は表面的には過去から遠くに生きている。

「肌を白くする」クリームと、毛髪を「まっすぐにする」というポマードの広告。

二人を取り巻く状況は、変化と忘却そのものだから。

一九二六年、ジャズが響きわたる喧騒のニューヨーク、「シティの中のシティ」と呼ばれるハーレムは、二人が二十年前に後にした南部とは別世界である。彼らのライフスタイルは極端な変化をこうむり、サバイバルのための闘いの中で薄れ続けてきたのは故郷の記憶である。

ヴァージニアで狩をし、畑を耕していたジョーは、黒い肌を漂白する化粧品の訪問販売員、綿つみの出かせぎ先で彼と知り合ったヴァイオレットは、ハーレムの女たちのちぢれた髪に鏝《こて》を当てて流行の髪型に仕上げる腕のよい美容師である。差別と迫害に追われ、住居も職も転々と変え続けてきた二人。ジョーは自分は七回も変わりそのつど新しい自分になって生き延びてきたと半生を振り返り、ヴァイオレットは昔の自分を「あのヴァイオレット」と呼んで現在の自分と区別する。暮らしはようやく安定したにもかかわらず、彼らを存在の根っこから引き離した変化は、精神の危機をもたらす。過去の反乱は、この危機への警鐘である。

三十数年前、二人は相手に明かせない哀しみから逃れるように結婚した。ジョーは、繁みの向こうに潜みながら彼の懇願に応じて姿を見せることも、草むらの中から手を差し出すことさえしなかったワイルドの、ヴァイオレットは身投げしたローザ＝ディアの記憶を振り切るためだった。

ジョーはワイルドの拒絶にあった十四歳のときから内に抱え込んでいる「無」に耐え切れなくなっている。この空洞感は、五十歳を過ぎた今、精神全体を犯し彼のその後の経験を無意味にするかのように、記憶から生々しい感覚を喪失させるという症状をもたらしているのだ。彼は「死ぬほど怖かった」と言いながら、そのときの恐怖の感覚を取り戻せない空疎さにやり切れない思いを抱いている。

一方、ヴァイオレットの日常生活には、何の予告もなく飛び出す彼女の奇矯な言動によって、「亀裂」が入り始めている。衝動的に乳母車から赤ん坊を盗み出したり、道路に坐り込んだりするのもその一つである。

地方から出てきた他人の寄り集まりで構成されたハーレム。それぞれがアパートの四方の壁の中に孤独な自己を閉じ込めている環境で、ジョーとヴァイオレットは夫婦の間でさえ会話を失っている。ヴァイオレットが語りかけるのは、「アイ－ラヴ－ユー」と繰り返すオウムだけだ。

ドーカス

彼女は、袋小路に突き当たってしまった彼らの精神に、再生の機会を見いださせるための荒療治《ワイルド》的な媒介として働いている。

ジョーとドーカスが結んだ男女の関係が、互いに他人はおろか自分にさえ打ち明けようとしなかった、「母の不在」のトラウマを分かち合うことで成立しているのは興味深い。

秘密に借りた逢引きの部屋（この小さな空間は、少年ジョーが川土手で見つけたワイルドの棲み家、大木の根に抱かれた石の洞穴を連想させる）で、ジョーはワイルドの話をする。風に千切れた歌声や笑い声が届いても、繁みの向こうに息づかいが聴こえても、とうとうその姿を見ることのなかった母親の話。彼女の近くに常に群れている羽を紅色に染めた赤バネツグミや、彼女を隠し続けるハイビスカスの葉。その中から手を差し出して、母であることを示して欲しいと虚しく懇願した少年の日の夕暮れは、イロクォイ色に暮れなずんでいくシティの空の下で、ジョーの心にまざまざと甦る。ドーカスも九歳のときに経験した東セントルイスの暴動[15]の犠牲になった両親の無残な死によって、ジョーと同じように「無」を抱え込んでいる。路上で殴打された父と燃えさかる家の中に残された母の姿は、小部屋の中で甦る。

過去を呼び出した二人があげる止めようもない叫喚は、「ファンク」の表出である。「本来の自身」があげる反乱の叫びである。ジョーはドーカスという聴き手を得て、記憶に言葉と声を与え、その結果確かな生の感触を取り戻す。ドーカスが死んだとき彼が何よりも嘆くのは、この感覚の記憶が褪せることである。

若い男に気を移し、秘密の部屋に戻らなくなったドーカスを、狩人のように冬のシティに追っていくジョーの心は、ヴァージニアの森でワイルドの痕跡を追っていた少年の日に戻っている。ついに追いつくことができずに、腹立ちまぎれに空砲を撃ったあのときのように、レント-パーティでダンスに興じているドーカスに衝動的に向けられたピストルには弾が入っていた。

ドーカスはジョーの名を洩らさない。「ママは決して言わないわ」と死んでいく彼女は呟く。この言葉は、ブルースの歌詞に頻出するように、恋人同士が互いに相手を「ママ」「ダディ」と呼び合う黒人の習慣があることを考慮しても、母の不在の痛みを知る少女が、同じ痛みを持つ年上の男に示している愛が、母性的な愛であることを強く示唆している。

本来の自身を求めて

ヴァイオレットもドーカスの存在に強く影響されている。自殺した母の娘であることを忘れようとし、子供の母親にはなるまいと決心していた彼女が、再び母の娘であることを意識し、共同体の中で自ら母の役目を引き受けるようになるのは、ドーカスを通して過去と向かい合った結果である。

夫の情事を知ったのは、ドーカスの死によってである。そのとき、都会風なマナーに馴染んだ美容師ヴァイオレットを昔の「あのヴァイオレット」が占拠する。葬儀の只中に教会に乗り込み、棺の中の少女の顔にナイフを振りおろそうと、「獣の皮をつけた生き物」のような咆哮《ほうこう》をあげた彼女は、礼儀作法も恥も忘れて「本来の自身」の欲求に従っている。真実を知ろうとする欲求である。

昔、自らが選択してジョーを夫にすることに決めた「あのヴァイオレット」は、ジョーが石炭のように黒い自分とは異なり、クリーム色の肌をしたこの少女に惹かれた理由を知らなければならず、また、ゴールデンのイメージを心に住まわせていた自分がなぜジョーを選び、なぜ「あのヴァイオレット」から今の自分になったかを省みなければならない。人々に彼女を「ヴァイオレット」ではなく、「ヴァイオレント」と呼ばせるようなワイルドな行為に走らせた激情は、ハーレムの此《こ》処《こ》彼《かし》処《こ》に響くファンキーなジャズから噴き出している感情に共通するエネルギーを持っていて、やがてそれは彼女を、執拗な自己探究に向かわせている。

モリスンは、この探究をヴァイオレット個人の中だけで完結する内省に終わらせない。救済を求めるヴァイオレットの熱意は、シティの中で孤立する人々の個人主義の殻を破って、他者の隠された苦悩にも届き（彼女は助けを求めて被害者ドーカスの養母アリス＝マンフレッドのところにまで出かけていく）、彼女の自身の回復と夫との関係の建て直しは二人だけの変化ではなく、二人を囲む他者との関係の変革を伴わなければならない。共通する過去を持つ人々との共同体を創る試みの中でこそ、黒人として全人間性の回復と存続が可能になるというのが、作者の信念である。ジャズは、この作者のもくろみを実現するために、様々なかたちで機能する。

ジャズの手法

小説『ジャズ』の構成とその機能は、ジャズ音楽を模している。レース＝ミュージックとも呼ばれ、ブルースとともに一九二〇年代の都市の黒人の生きざまを映し出していたジャズの特色を、モリスンは言語表現の分野に応用し、ジャズの精神風土と登場人物の内的世界が合わせ鏡となって、互いを映し出すことを目論んでいる。

ジャズの演奏の特徴である異なった楽器の間で交わされるコールとレスポンス、即興と反復によるテーマの限りないヴァージョンは、小説『ジャズ』ではどう応用されているのか。それらの特徴は、複数の声が響き合う語り、中断、繰り返し、そして訂正や修正を織り合わせた、プロットと呼ぶよりは場面、あるいは挿話と呼んだほうがふさわしい情景の集まり、終末をつけないで読者の期待と好奇心を惹きつけたまま放置されているいくつかの不思議なサブプロットなどに現れている。この自在な柔軟性は、変化の可能性を伝達する。ヴァイオレットの言葉を借りれば、「世界に変えられてしまった」ことに気づいた登場人物が、自らの生き方を、自らにふさわしいものに変え、今度は彼らが世界を変えようとする可能性である。

変化する語り手

この柔軟性を最もよく現しているのは、内面の独白を行う登場人物に加えて、モリスンが創造した姿を見せない声だけの語り手の存在である。「シーッ。わたしはあの女を知ってるんですよ」という具合に、冒頭から聴こえてくるいかにもゴシップ好きらしい声の持ち主に与えられている立場は、本来は全知の語り手のそれである。しかし主人公たちが、彼女の予測や判断を裏切るような変化をするので、しばしばこの声は、自身の誤りを認めたり、すでに語った物語を訂正しなければならず、ついに、語り手の予想に反した主人公たちの再出発は、語り手自身に自らの変革を望ませている。

物語のはじまりでは、この語り手は個人主義に徹したシティの風土を礼讃し、自閉の砦の中で無傷と安全を確保しながら、アイロニカルな物見高さで他人の不幸を観察している。ジョーの「ブルース風」な恋とヴァイオレットの錯乱を語り、この事件の三ヶ月後には、殺されたドーカスの女友だちのフェリスが夫婦のアパートを訪問するようになっているのを目ざとく見つけ、再びスキャンダラスな三角関係ができあがったのだという確信を読者に報告する語り手。彼女は、人間の運命はレコード盤の上の針のようだと考えている。いったん降ろされた針はその溝を辿り続けるほかはないのだと。しかし彼女は、新しい三角関係だと思い込んだのは、都会のアパートメントの壁のような個人主義の囲いの外に歩み出て、ヴァイオレットが築きはじめた新しい人間関係の一端であることを、物語の最後で発見しなければならない。

世界を変える

母の不在によって自らのアイデンティティを危うくしたヴァイオレットは、自分の失敗は娘には繰り返させまいとする母の役割をフェリスに果たしている。彼女は世界を変えたくないかと訊ねてフェリスを驚かす。「そんなことを望んで何の意味があるの？どうせ変えられないんだから」と応える少女に、新しい自覚を持った年輩の女は、こちらで変えなかったら世界がこちらを変えてしまう危険を指摘し、「わたしは変えられるままになっていた。そのあげく人生を台なしにしちゃった」と打ち明ける。

ヴァイオレットの現状を変えなければという欲求は、夫と妻を互いに「相手の内部に向かって」心を開く関係へと導いていく。物語の最後で二人のおおっぴらな愛をうらやむ匿名の語り手は、孤立と傍観のポーズを捨て、自分も誰かにつくり変えてもらいたいのだという願望を隠さない。

「もしわたしにそれが言えたら、わたしをつくってと。わたしをつくり変えてと。あんたは自由にそうしていいんだし、わたしは自由にそうさせてあげるから。なぜって、ほら見てごらん。あんたの手のあるところを見てごらん」と、読者にレスポンスを促す語り手のコールで最後の行に辿り着く物語は、閉じられていないのだ。演奏のたびに古い曲が新しい曲に創り変えられるように、一つの物語が示す無数の物語の可能性は、望ましくない現状に変化と希望を見いだすための、ジャズ的誘いなのである。

ブルース - ピープル

音楽そのものとしてのジャズとブルースは、登場人物の無意識の世界を表象し、さらには彼らの心象風景を代弁する。

「頭からはじまり心を満たし、ついにはベルトの下まで達し、心身の区別なく人間の全存在を揺さぶり起こす猥雑さを持っている」ジャズの旋律は、その背後に「複雑な怒り」や「敵意のようなもの」を忍ばせている。それはジョー、ヴァイオレット、ドーカスが沈黙の底に押し込めていた記憶を誘い出すばかりか、ピューリタン的な抑制のもとに過去を、浄化されていない情念を押さえ込んできたアリス＝マンフレッドの内に、ひとたび噴き出したら止まらなくなるような、甲高い叫び声をあげたい衝動を目覚ますのだ。

彼らはまた、胸を裂くような不幸や哀しみが、滑稽な自己への認識とともに吐露されるブルースの主人公でもある。夫が愛した女の死顔にナイフを振りおろそうとしたヴァイオレットは、自分の「ブルースじみた」行為を省みて笑い出すことができる女でもある。自らの手で殺してしまった女の死を人目をはばからず嘆き続け、自分は「愛し方を知らなかったのだ」と告白するジョーを、匿名の語り手は街に流れるブルースの歌詞に出てくる男になぞらえる。「ブルースマン。ブラックなブルースマン。ブラックでブルーな男」。

白くなる夢

こうしてみると、アメリカ黒人の生活から生まれたジャズやブルースは、『ジャズ』の中で、白人文明の渦に巻き込まれていく主人公たちに、彼ら「本来の自身」を想起させる重要なよすがとして機能していることがわかる。この音楽を背景に、ヴァイオレットの自己探究は何を発見したのか。彼女が発見したのは、母の歴史を相続する代わりに、「白くなる夢」を密かに育てはじめた自分である。

母親のローザ＝ディアが身を投げた井戸の暗闇が脳裏に焼きついて、平穏な眠りを奪われた少女は、この暗闇を逃れ生きるための光を求めた。その結果、心の中に住まわせてしまったのが、会ったこともない金髪の青年ゴールデン＝グレイのイメージである。奉公先から戻って孫たちの面倒を見はじめた祖母が語って聴かせた、女主人が産んだ金髪の男の子の美しさと、お伽《とぎ》話の主人公のような贅沢で甘やかされた生活は、十六歳の黒人の少女の心に、幸福の条件は白人的容姿と白人が享受しているような物質的豊かさである、という確信を容易に刻み込んでしまっていたのだ。

ヴァイオレットは、夫がドーカスに惹かれた理由を、彼女のクリーム色の肌や直毛のせいに違いないと誤って推測する。この推測は、彼女に夫が煤《すす》のように黒い自分と結婚した理由のみならず、自身が彼を選んだ動機までも疑わせることになる。彼女は、ジョーが自分を妻としたのはそこにドーカスがいなかったからであり、また彼女のほうも、自分がジョーをジョーとしてではなく、ゴールデンの代用として選んだのではないかと疑わなければならない。

過去からの力

しかし、ヴァイオレットは同時に、「あのヴァイオレット」をも忘れてはいない。ジョーを選んだ自分が、井戸の暗闇を恐れ、母を死に追いつめた世間に脅えるひよわな少女から、白人の迫害と酷使に耐え、重労働をこなし、逆境を切り拓《ひら》く胆力を備えた「あのヴァイオレット」に成長したのだ。

「あのヴァイオレット」の姿には、彼女が祖母から、そしてその死まで懸命に闘った母から相続した黒人女性の逞しい生命力が息づいている。ヴァイオレットは、自分が夫に選んだのはゴールデンの代用ではなく、「自分の中に光を持ち歩いていた、わたしのヴァージニア時代のジョー＝トレース」だったことを確認する。そしてドーカスがジョーに見たのも、化粧品のサンプルケースを下げた五十男ではなく、このジョーだったのではと想像するのだ。「北部にくる前は、わたしはマトモだった。世の中だってマトモだった。無一文だったけど、不自由なんか感じなかった」と思い起こすヴァイオレットは、シティにきてからは、自分の内に「もぐらのように息を殺して」生き続けていたゴールデンのイメージに支配されていたことに気づく。夫婦のアパートを訪ねるようになったフェリスに、ヴァイオレットは、本来の自分ではない存在（白くて、明るい色をしていて、もう一度若くなる」）になることを望ませた心中のゴールデンを「殺す」ことによって、ようやく本当の「自分」を回復したのだと打ち明ける。「わたしの母さんが生きていたら気に入ってくれたような女、わたしも以前は気に入っていた女になりたい」と願う彼女は、母の歴史を受け入れ、黒人女性の自覚に根を張って生きようとしている。

新しい関係の創造

「世界を変えたい」と思いはじめたヴァイオレットは、自身や自身の周囲をどう変えているのか。アリスと心を開き合い、「母のない娘」の不安を共感することで、互いが互いの不在の母に代わって相手に自己発見の契機を与えることを可能にするヴァイオレット。母の不在の中で育ち、ドーカスとともに危うい思春期の途《みち》を歩いていたフェリスに、母親のような心遣いを注ぐヴァイオレット。彼女は、個人主義と欲望の充足が行動原理となっているシティの片隅に、互助と連帯の精神が宿る隣近所をもたらしはじめている。彼女とジョーの住居は、仕事帰りのジョーが、子供たちが置き放しにした玩具を片づける道路につながり、夫婦に気やすく子守を頼む隣人に囲まれている。

さらにモリスンは、再出発した夫婦の睦まじい気配に染められるように、戸外が温かい家庭の延長となり、家庭が近隣のざわめきを陽光のように迎え入れる場所となり得るシティの可能性を幻想的に提示する。

このような個人と社会の関係は、アメリカの黒人が歴史的に体験してきた母親の悲劇、子供の悲劇を小さくするための方途を示唆している。彼女の作品に繰り返し描かれてきたたった一人で子供を育てることに疲れて死んでいく母親や、子供の安全を守るのに精一杯で、母子双方の健やかな成長をゆがめてしまう母親、そして母親の死、放棄、仕事などの理由によって母の不在の中で育たなければならない子供たちの不幸は、共同体全体が家族意識を持つことで避けられるのではないか。いや、そうしなければならないというのが、子供は両親だけで育つのではない、社会全体で育てるのだと信じるモリスンの主張である。*16

黄金色の部屋を求めて

ヴァイオレットが築きはじめた人と人との関係が、黒人の共同体の伝統に基づいているように、彼女たち夫婦が取り戻した家庭生活は、おのずと先祖の価値観に回帰するような気配を宿している。質素で穏やかな二人の生活には、頭上には天を、眼下には河を眺めた岩の住居でワイルドが営んでいた生活を思わすものがあるからだ。

母親の姿をそこに見ることはかなわなかったが、ジョーは少年の日、陽の光が石の壁を黄金色に染めるこの部屋を見つけ、その中で至福のひとときを過ごした記憶を持っている。こぢんまりしていると同時に広々と外界に向かって開けた空間と、母親が残した安らかさを持つ黄金色の部屋。匿名の語り手は、あの日、ドーカスを追っているように見えたジョーが捜していたのは、実はこの黄金色の部屋だったのだと思いあたる。

神話的始祖としてのワイルド

モリスンは、ワイルドの周囲を謎と伝説で囲みながら、彼女を始祖的な存在に造型している。彼女の野性とエネルギーは、白人優位の社会の中でも、本来の自身を放棄することのないアフリカ系アメリカ市民の血にも流れているのだ。

再び穏やかな生活をはじめたジョーとヴァイオレットは、心の中に母親の記憶を据え直した二人である。しかしそれぞれの心眼に映り続けるのは母の姿ではなく、母が消えた後の情景である。ジョーが見ている赤バネツグミも、ヴァイオレットが見ている口を開いた井戸も、母の痕跡を示すとともに、母の不在を否定しがたく告げている。これらのイメージは、母のない子の癒しがたい嘆きとともに、白人文明のもとで、痕跡をますます淡くしていく黒人の歴史の危うさを想起させる。この危うさを克服するかのように、モリスンは、ワイルドの捕らえがたさに、時空を超越する神話的な特質を与えたのではないか。この始祖的な存在が、またいつかどこかでドーカスのような少女に宿って、過去を忘れようとする人々の記憶を揺り起こすことができるように。

パラダイスを求めて

モリスンは、語ることのできない過去を秘めたセサの瞼の底しれない暗さを深い井戸のイメージで描写し、また少女ヴァイオレットの記憶に、黒人女性の宿命の重さを、母親が飛び込んだ井戸の暗さとともに刻み込んだ。

過去という井戸を掘り続け、その沈黙に言葉を与えるモリスンの作業は、今も続けられている。

それは、アメリカの歴史のあらゆる時期における、アメリカの国のあらゆる地域における黒人の経験に言葉が与えられるまで、あるいは言葉を与えられて光をあてられた過去が、確かな未来を築きはじめるまで休息を許されないのかもしれない。次作には『パラダイス』というタイトルがつけられているという。多くのアフリカ系アメリカ人にとって幸せは、得がたい楽園のリンゴのように遠い。『タール‐ベイビー』ではリンゴを盗んだかどで白人の主人から解雇されるテレーズとその甥を、『ジャズ』ではドーカスとの破滅的な恋を「初めてのリンゴ」として体験するジョーを描いたモリスンは、どんなパラダイスを新作で実現するのか。

『ビラヴィド』が書きはじめられたとき、この作品は三部作の最初の一部として構想されたというが、『ジャズ』は『ビラヴィド』とは独立した作品として誕生した。しかしこれらの作品には、歴史の大河と個人の命脈が織り出す、細やかにして壮大なドラマに必要な時間と空間のスケールが、三部作的な特質として作者に意識されていることは興味深い。青い眼をほしがった少女の物語を書くことで、自らの文学の世界の礎石を置いたモリスンは、今、自分が完成すべき文学のコスモス全体の構造を俯瞰する場所に立っている。

■VI章註

＊1　この劇の初演は一九八六年一月、ニューヨーク州オールバニーで行われた。一九八六年はマーティン＝ルーサー＝キング牧師の誕生日（一月十五日）が国の祭日になった最初の年で、この上演はそれを記念するかたちになった。

＊2　この懸念は、モリスンが最初の作品を書き出した一因でもあった。例えば、当時声高に叫ばれていた「ブラック-イズ-ビューティフル」のスローガンが、人々の記憶と認識から、青い眼をほしがって自己崩壊しなければならなかった少女が生きていた昨日までの現実を消し去ってしまうのを彼女は恐れたのだと、ビデオフィルム *Identifiable Qualities* by Sindamani Bridglal（New York : Women Make Movies, 1989）の中で語っている。

＊3　実際に奴隷だった黒人が書いたり記録者に語ったりした「スレイヴ-ナラティヴ」（有名無名のものを合わせて六千編は下らないものが現存すると推定される）と区別してこう呼ぶ。あるいは「スレイヴ-ナラティヴ-ノベル」とも言われている。むろん黒人男性作家による「ネオ-スレイヴ-ナラティヴ」も書かれているが（Ernest Gains, *The Autobiography of Miss Jane Pittman*, 1977, Alex Haley, *Roots*, 1977, Ishmael Reeds, *Flight to Canada*, 1976）、女性作家による作品は数も多く、フェミニズムの視野にたって、女性の受苦をその内的世界から描くことによって新しい地平を拓いた。

＊4　*Conversations*, 256.

＊5　Ibid., 257.

＊6　Ibid., 247.

＊7　作品の幕があく一九二六年には、ブルース歌手アイダ＝コックス (Ida Cox) が唱《うた》う "Wild Women Don't Have the Blues" のレコードが発売され流行した。歌の中の「ワイルド-ウーメン」は、犠牲者としての生を断固拒絶する女たちである。"Rootedness : The Ancestor as Foundation" 341.

＊8　*Conversations*, 120-121.

＊9　"visceral" という表現をモリスンはしばしば用いている。また彼女は、読者の作品に対する非常に深い感情的な反応を知性的な反応に先立って重視し、それを「感情の知性」("emotional intelligence")と呼んでいる。*Conversations*, 47, 97, 164, 224.

＊10　*Conversations*, 207, 208.

＊11　ビラヴィドの存在は、セサの殺した娘であり、また、アフリカ西海岸と西インド諸島をつなぐ中間航路を通って積荷として運ばれてくる途中で命を落とした、六千万人を越える一人という二重の役割を作者から意図されている。*Conversations*, 247.

＊12　James Van Der Zee（一八八六-一九八三）。一九一七年、ハーレムにスタジオを開いて以来その死まで、この地域の人々と生活を撮り続け、その膨大なコレクションは、貴重な社会的な記録となっている。一九六九年にメトロポリタン美術館で開催された写真展「わが心のハーレム」で、ニューヨークおよびアメリカ史の中で最も重要な写真家の一人として紹介されている。

＊13　*Conversations*, 207-208.

＊14　一八七三年はビラヴィドがセサの前に姿を現した年でもあり、また裸身の妊婦は、翌年森の中に消えていったときのビラヴィドの姿でもある。

＊15　一九一七年七月十二日発生。不景気の中で、南部から移住してきた黒人が下水管工場で恒常的に雇用されて

いることに、白人が不満と不安を募らせたのが原因。黒人に対する手当たり次第の暴行・殺人が行われ、彼らの住居は焼き打ちされ、少なくとも百名の死傷者が出たという。この事件に抗議してニューヨーク市では、NAACP（全国黒人地位向上協会）の後援で「沈黙の抗議行進」が五番街で行われ、一万人の黒人が参加した。この行進の模様は、ドーカスの手を引いた伯母アリスの目を通して描かれている。

＊16　例えば「タイム誌（一九八九年、五月二十二日）のインタヴューでモリスンは、男性を家長とする核家族のかたちが、子育てのための有効なパラダイムではないと言っている。彼女は、この「標準型」からはずれた家族を「壊れた家庭」として「問題視」する態度に異議を挟み、「子供を育てるには、全共同体が、つまりすべての人が必要なのです」と主張している。*Conversations*, 260.

VII

モリスンの批評

一 新しい理論を目ざして

普遍性の欺瞞

モリスンは、デビュー当時から褒めるにしろ貶《けな》すにしろ、自分の作品の批評の多くは、自分を育てた文化や言語の十分な理解の上に立ってなされたものでないことに不満を感じ、アフロ‐アメリカ文学固有の批評論理の不在を早くから指摘してきた。しばしば白人の大作家と比較され、「私はジェイムス＝ジョイスのようではない。私はトーマス＝ハーディのようではない。私はフォークナーのようでもない」[*1]と反発する。自分の文化とは異なった土壌の中から生まれた作品を、自分の作品の上に押し重ねて云々する批評は、「あなたが喋っている言語がわかっていない言語学者に、あなたが言っていることを報告させるようなもの」[*2]と手厳しい。

このような批評のあり方は、十九世紀以来の伝統的なアメリカ文学批評の「普遍的基準」の残滓《ざんし》でしかない。西欧の文化・芸術を祖として、白人男性作家によって生み出された作品を評価した基準が、「普遍性」という権威の衣をつけて、この多民族・多文化の国から生まれたすべての作品を判じ、等級をつけてきたつい三十年ほど前までの歴史の名残りである。モリスンの考えでは（これは同時代のフェミニズムや少数民族に属する文学研究者の信じるところでもある）、普遍性を装った批評は、批評者（多くの場合白人男性）の他者（非白人・女性）への無理解や偏見を公平さの仮面の下に隠蔽《いんぺい》してきた結果、多くの優れた女性作家や黒人作家の作品が、見当ちがいの、あるいは過小な評価を受けたり無視される運命にあった。白人男性によってつくられたアメリカ文学の規範に受け入れられてきた作品が、長い間白人男性作家によるものだったのも、不思議ではない。

無視されてきた人種

この批評風土は、人種が日常の問題である国の文学に携わりながらも、作品の中の人種をあえて無視する弊害を生んだと、モリスンは指摘する。この意図的な無視は、アフリカ系作家の作品の土壌である文化や言語への理解を怠らせるばかりではなく、白人作家の作品の解釈と理解までも狭めている。アメリカ白人の精神構造も文化も、四百年隣り合って生きてきたアメリカ黒人の存在をぬきにしては考えられないのは当然であり、彼らの文学の「アメリカ的特徴」も、彼らの想像力を支配する大きな要因であるアフロ‐アメリカ的存在があってはじめて成立しているからだ。アメリカ白人文学の中に潜むアフロ‐アメリカ的存在は、批評家によって語られない、語ることのできない、いわば「機械の中のゴースト」[*3]だったとモリスンは言う。そして「ゴースト」の究明こそ白人文化の深層に届き、より豊饒な意味を引き出す端緒だと信じている。このような信念でモリスンは、アフロ‐アメリカ文学の批評理論の確立と、アメリカ白人文学の再解釈・再評価を目ざし、批評家としても健筆をふるっている。

二　白人文学におけるアフリカニズム

このエッセイの中でモリスンは、一、アフリカ的な文化の存在やその影響を意図的に排除してきた西欧の歴史を背景にしたアメリカ批評史の潮流を明らかにすること、二、「機械の中のゴースト」をアメリカ文学の始祖の一人であるハーマン＝メルヴィルの『白鯨』の中から引き出すこと、三、アフロ‐アメリカ文学の特質が作家の用いる言語・文体にあることを例証するために、自身の五編（当時『ジャズ』は未刊）の小説の冒頭の文章を解説すること――を試みている。一の概要は、「普遍的批評基準」についてすでに述べたくだりと重なるので、二の項目を概説する。

「口に出されたことのない、口に出すことのできないもの――アメリカ文学におけるアフロ‐アメリカ的な存在」

イデオロギーとしての白さ

『白鯨』においては、捕鯨船ピックウォード号の船長エイハブの白鯨追跡がテーマとなっていることは言うまでもない。壮大なロマンティシズムに彩どられたこの物語は、執筆当時の十九世紀中葉のアメリカの現実、すなわち奴隷制というかたちをとったアフリカの存在が落とす影から逃れることのできなかったアメリカ社会の不安と矛盾とは一見無関係に見える。しかし、モリスンは『白鯨』が、まさにアフリカ的存在に動機づけられていることを、白鯨の白さを通して発見する。

エイハブは、自分の片脚を喰いちぎったモビィ＝ディックと呼ばれる巨大な鯨に、常軌を逸した復讐の執念を燃やすのだが、この鯨の神秘的な不気味ともいえる白さが何を表象するかについては、多くの解釈がある。最も人口に膾炙《かいしゃ》しているのは、白鯨は残酷かつ無関心な自然の寓意であり、その自然に挑戦するエイハブは、狂気のエゴイストである、というものである。

しかし、白鯨の白さとは、黒さの対極として存在する。アメリカ文化、特に当時のアメリカ社会の文脈の中で、白さの意味を黒さと切り離して考えることは不可能だった。モリスンは、メルヴィルがエイハブにかくまでも執拗に立ち向かわせた白鯨とは、「イデオロギーとしての白さ」[*4]のメタファーであることを立証する。

「イデオロギーとしての白さ」とは、アフリカ人という他者をかたわらにおくことでアイデンティティを確立し、この他者を支配することによって己れの優越性を実感してきたアメリカ白人が育ててしまった、手に負えない怪物なのだ。モリスンの解釈は新しいエイハブ像を見せる。それは、「彼が知っていた世界をむさぼり喰っている怪物を殺そうとする英雄的勇気をもった唯一人のアメリカ白人男性」[*5]の姿である。

この作品は、一九九〇年にモリスンがハーバード大学で行った講義の集成である。モリスンは、エドガー＝アラン＝ポー、マーク＝トウェイン、ウィラ＝キャザー、ヘミングウェイなどの作品中のアフロ‐アメリカ的存在に光をあて、作中におけるその意味と機能を読み解いていく。彼女の明晰な洞察力は、白人優越の神話に守られてきたアカデミズムの偏見を破って、新しい批評の地図を描こうとする気迫を響かせている。

『闇の中のゲーム』

この作業のためにモリスンは、「アフリカニズム」という自身の造語をキイワードとして用いる。「アフリカニズム」とは、ヨーロッパ中心主義の文化の中で生きる白人種の思考・観念・想像の中で形成された黒人であり、この人種が体現している黒さである。[*6]「アフリカニズム」は、アメリカという国の、アメリカ人と呼ばれる白人、そして彼らが創造した文学のアメリカ的なものを考察するのに無視できない要素である。ヨーロッパの君主制の軛《くびき》を逃れてきた移民たちの新大陸での主体性の獲得は、彼らに支配される他者アフリカ人の存在によって可能になったのであり、彼らの自由、彼らの個人主義、彼らのデモクラシーは、明白な反対物である奴隷制によって確認・意識されてきたという自己認識のあり方（これをモリスンは「白い自由の寄生生物的性質」[*7]と呼ぶ）は、現実の生活に黒人を必要とするばかりではない。白いアメリカ人は、自身の内部に渦巻く混沌や葛藤と向き合うとき、欲望・恐怖・恥その他様々な感情を、自らつくりだした黒人像（モリスンは「アフリカニスト‐キャラクター」[*8]と呼ぶ）や、黒人を象徴する黒さ（モリスンは「アフリカニスト‐プレゼンス」[*9]と呼ぶ）に投影するという思考や想像の習性を不可避につけてしまっているのだ。

女主人と奴隷——自己の代理としての黒人

例えば、ウィラ＝キャザーの『サファイラと奴隷娘』をアフリカニズムに光をあてて考察すると、どんな解釈が可能なのか。このキャザー最後の作品は、作者の創作力の衰えを表す失敗作と言われている。

横暴きわまる病身の女主人サファイラと、彼女の妄想と奸計《かんけい》の犠牲になりかけて北部へ逃れる奴隷娘ナンシーの物語。モリスンは、この小説の隠れたテーマは、サファイラが一人前の女性として自らの存在を確信するためには、どのようにして権力と性と人種の要素が依存し合って働くプランテーション社会の仕組みに頼っているかを、描くことにあったと考える。作品が失敗した原因は、説得性も真実性もない奴隷の母娘の描き方にある。

作者は、女主人が忠実な奴隷の母娘の上に振るった絶対的な支配力を証明する必要を先行させるために、二人の人物像を「アフリカニスト‐ペルソナ」にしてしまったのだ。モリスンは、この失敗の原因を発見することで、一つの「成功」を明らかにする。女主人の真実の姿である。

彼女は執念深い意地悪な女であるというより、自身の無力・無能から逃れようと絶望的にもがいている女なのだ。二人のアフリカニスト的人物の存在が、それを明るみに出している。なぜならこの白人女性は、黒人女性の肉体を自らの代理とすることで、自身の無力さを回避しているからだ。自身の生理的要求さえ自力で満たせない彼女のために、忠実なティルの手足は彼女に代わってそれを行い、彼女の妄想が夫の欲望の対象となっていると思い込んだナンシーの肉体を甥に犯させることは、彼女自身の性的充足の代用となる。そのうえ、幼児のように扱える黒人女性を手もとにおくことは、彼女自身からもまた成熟の必要を免除するというわけだ。こうしてモリスンの考察は、表向きの逃亡者ナンシーに加えて、自身の現実の姿から逃れようとするもう一人の逃亡者を発見する。アフリカニスト‐キャラクターは、白人の願望を成就し、邪悪を代行し、処罰される代理的存在であるだけでなく、白人が必要とする愛と許しを、そして優越感を供給する、つまり白人の存在に意味を与える不可欠の他者なのである。

モリスンはこの事実をポーの『アーサー＝ゴードン＝ピムの物語』、マーク＝トウェインの『ハックルベリー＝フィンの冒険』、そして『持つことと持たざること』を含むヘミングウェイの幾つかの作品の黒人登場人物の分析を通して証明する。

むろんモリスンの意図は、白人文学のアフリカニズムを分析して、人種差別主義者《レーシスト》とそうでないものを選別することではない。アメリカ的なるものは、国民性であれ、文学・文化の特質であれ、アフリカニズムとは切り離せないものであることを見きわめ、文学においては、白いアメリカの想像力がアフリカニズムという黒さを媒介にいかに働き、いかに表現するかに人々の注意を向けることが、『闇の中のゲーム』の目的である。

三　アフロ - アメリカ文学の言語

モリスンは、アフロ - アメリカ作家の作品を、アフロ - アメリカ文学にならしめているものは作家の用いる言語であると言明する。

経験としての言語

アフロ - アメリカ文学の言語の特質を、モリスン自身の作品から考えてみよう。登場人物が用いる言語、そしてモリスンが全知の語り手としてつくる文体という二つの面で眺めてみることにする。後者には、モリスン自身がエッセイ「口に出されたことのない口に出すことのできないもの」で行っている五作品の冒頭のセンテンスの解説がそのまま役に立つ。この解説の意図は、「私の作品が、アフロ - アメリカン文化の特質から明らかに分離しがたい存在であることを私に信じさせている何が、作中で起きているか」を、すなわち、どんなふうに彼女の言語の豊かさが、「黒人文化の中に埋め込まれたコード」[*10]と結びついているかを、証明することにある。

例えば、『ビラヴィド』の冒頭のセンテンスには、作者のどのような意図が働いているのか。モリスンは読者がこの作品を読んでいる間中、登場人物の生きている現実の世界に劣らず、彼らの心を支配している霊の世界を意識し、登場人物と同じように時間の秩序を失った、混沌とした生の感覚を体験し続けるための最初の一文を書こうとした。“124 was spiteful. Full of a baby’s venom.”

(一二四番地は悪意に満ちていた。赤ん坊のうらみで一杯だった)は、次のような作者の戦術を含んでいる。

主人公が住む家に明確なアイデンティティを与える必要があったのだが、心地よさや贅沢さを感じさせる名詞や固有名詞を避けなければならなかった。住所を示す数字は、それまで何かを所有するという経験を持たなかった主人公たちにはスリリングな期待を抱かせるが、さらに数奇なのは、数字が「悪意に満ちた」という形容詞を従えて、パーソナリティを備えていることである。これに加えて、綴りで表さず数字で書かれた数が、黙読されるより、口に出され耳に聴こえる音として感知されることも期待されている。なぜなら作者は、「内なる聴覚」にひびく「小説の音」を重視するからだ。とりわけ『ビラヴィド』では、ときには不協和音、ときにはハーモニーに満ちた様々な音の効果を生み出すことに、彼女は精巧な工夫をこらしている。例えば、二番目のセンテンス"Full of venom"は、文法的には最初のセンテンスに付属するフレーズであるにもかかわらず、コンマを用いて"124 was spiteful, full of venom"としなかったのは、"spiteful"と"full of"の間をピリオドで一度切らなければ、"full"にアクセントをおくことができなかったからだという。

パーソナリティを備えアラビア数字を主語にした短いセンテンスは、何の説明もなく、いきなり読者を未知の世界に引きずり込む。前ぶれもなくさらわれて、一つの場所から次の場所へ、未知から未知へと移し運ばれていく奴隷たちが体験した、暴力的な唐突さを味わうのだ。

このセンテンスに拉致《らち》されて読者が入った家は、まもなく読者を、幽霊の引き起こす大音響の中へ突き出し、次にはその幽霊が追放された後の静寂で包み込む。作者はこの変化が、奴隷が積み込まれた船の船体が立てる音を連想させるように意図したのだ。こうして作者は、何の前ぶれもなく、読者を登場人物が生きる世界の只中に投げ込むもくろみを実行したのである。

言葉の命

「語らないままにしておいたものは、語られたものに劣らず重要なのです」というモリスンは、語られたものが残した沈黙の中から、語られていないものを察する想像力に助けられて、読者が作品の世界に参加するのを期待するのだが、これは彼女が「複雑な人々」と呼んだ民族の言葉に対する姿勢でもある。

『スーラ』で、ハンナが「プラムが燃えている」とエヴァに知らせる場面がある。プラムに火をつけたのは、むろん母親のエヴァである。エヴァは「そう？」（"Is?"）と応えるだけだが、読者はこの一言に三つの意味（一、エヴァはこのことをすでに知っている。二、このことに関して彼女は何もするつもりはない。三、このことに関して娘ハンナとこれ以上話すつもりはない）をハンナとともに聴き取ることを期待されている。[*11]

モリスンの作品のダイアローグに使われる言葉と言葉がつくりだす間《ま》は、いかにこの人々が言葉の真価をよく知る者であるかを示唆している。その感性は、巨大で狡猾な網のように、彼らを捕らえ、定義し、支配する白人の英語の圧制をかいくぐって、その同じ言語から、自身のものと呼べる言葉を獲得してきた歴史を持つ民族のものである。彼らの言葉の理解には、「黒人文化の中に埋め込まれているコード」の十分な理解が不可欠なのだ。

さらにモリスンは、白人の世界では使い古されて元来の生命力を失ってしまった表現ですら、黒人の経験と感性を通って「ノモ」を回復することを証明する。一例を『ビラヴィド』からあげてみよう。自閉的な世界から脱け出し、共同体の中へ出て行くようになったデンヴァーは、路上で一人の青年から「お気をつけて、デンヴァー（Take care of yourself, Denver）」と挨拶を受ける。そのときこの言葉は、「デンヴァーには、まるでこの一言のために言語がつくられたように響いた」。別れ際に軽く使われるこの常套句は、彼女の感性を通って、「あなたが持っているあなたの自身を大切にしなさいね」という本来の意味を甦らせたからだ。デンヴァーは今、青年の投げた言葉の中に「自身《セルフ》」の存在を実感している。

読者は、デンヴァーのこの実感を、「黒人文化の中に埋め込まれたコード」を通して、より深く理解しなければならない。なぜなら彼女が「自身」という言葉に示した反応は、残酷に奪われていた自身の回復を求めて苦しみ闘った、彼女の母や祖母の歴史の連続の中にあるからだ。ベイビー＝サッグスの「汝自身を愛せ」という呼びかけも、セサの過去を物語ろうとする努力も、「おまえ自身が、おまえの最良のものなんだよ」とセサに語りかけるポールDの説得も、言葉の命「ノモ」によって自身の再生をはかろうとする苦渋に満ちた試みだったことを思い返さなければならない。

モリスンの世界に生きるアフリカ系アメリカ人にとって、自分たちの言語ブラック‐イングリッシュの命を信じることは、自らの生を信じることなのだ。

四　ブラック‐イングリッシュとアメリカ社会

ブラック‐イングリッシュは、スピリッチュアル、ブルース、ジャズの歌詞によって世界に伝わり、またモリスン以外にも、多くのアフリカ系作家（例えば、ウォーカーの『カラー‐パープル』の感動は、セリーが話すブラック‐イングリッシュの響きなくしては考えられない）の作品に力強く息づいている。

言語と政治

それにもかかわらず、ブラック‐イングリッシュとそれを話す人々に与えられている社会的な蔑視は、言語の問題が政治的な問題であることを強く意識させずにはおかない。ブラック‐イングリッシュが、スタンダードな英語として認知されている白人が用いる英語とは異なる語法・語彙を持つ事実を、異なった民族の感性や文化が育てた特徴としてではなく、劣った者の恥ずべき刻印として見なす姿勢は、いまだに一般的である。

例えばそれは、就学した子供たちが、彼らがそれまで家庭や共同体で使ってきた言語が「間違った」言語だと信じ込まされるような教育環境に現れている。

彼らの言語を否定することは、彼ら自身を否定することでもある。モリスンは、五種類もの現在形を持つブラック‐イングリッシュを使っていた子供に、お前の英語は間違っていると指摘する教師の言葉を、「実に残酷な放射能灰」と呼び、それが子供に与える傷を憂いている。[*12]

スタンダードな英語の習得が、アメリカ市民にとって必須であるのは当然であるが、支配的な白人文化が、少数派の文化が育てた言語を蔑視することで、子供たちに人種的劣等感を植えつけることが問題なのだ。

一昨年（一九九六年）、カリフォルニア州オークランドの教育委員会で、アフリカ系アメリカ人の中高生の英語教育の充実のための新案が決定された際に起きた、ブラック－イングリッシュの定義に関してメディアを賑わした論争はまだ記憶に新しい。[*13] また、白人社会での同化と上昇を目指す黒人エリートにとって、黒人文化もブラック－イングリッシュもとうの昔に脱ぎ捨てた、あるいは最初から身につけることを拒んだ下層の衣服でしかないこともしばしばだ。

このような社会の実態を凝視し分析するモリスンの姿勢は、アメリカ文学を批評する際のそれと基本的に変わらない。つまり意識するしないにかかわらず、アメリカ社会で起きる現象は、しばしば人種の問題を巻き込んでおり、人々は意識するしないにかかわらず、その現象の判断に人種的要素を持ち込んで、真実の把握から遠ざかってしまう四百年の歴史に根を張った呪縛《じゅばく》を、言語と文化を基点にして明らかにするのだ。

フライディの宿命

一九九一年に起きたアニタ＝ヒルとクレランス＝トマース事件[*14]と、一九九四年に起きたO＝J＝シンプソン事件[*15]とに示されたモリスンの姿勢は、「芸術家は自分の属する共同体に責任がある」と語る彼女の信念を立証しよう。彼女はヒルとトーマスの事件を総括した論集『人種による正義　性差を生む権力』と、シンプソン事件に関する同種の本『国家頭巾《ネーション‐フード》の誕生』の編者であり、それぞれに「ポートマック河畔のフライディ」、「公の物語・ゴルフする死者」と題される巻頭エッセイを書いている。

セクシュアル‐ハラスメントの疑惑を受けて、公聴会に召喚された際の、言うなれば白人の内懐を心得たトーマスの無節操な言説を、彼女は、権力の座を手に入れ、権力に保護されるために、母語を捨てた者のそれとして批判した。トーマスはロビンソン＝クルーソーの召使になったフライディに重ねられる。

同族に命を狙われた島民を救い、彼をフライディと命名して召使いとしたクルーソーは、フライディの言語を習得する努力は払わず、フライディに自身の言語をおぼえさせた。フライディは主人の言語を模倣するにとどまらず、それを内面化することによって、主人と同様の思考をするようになり、彼自身が属していた民族に対しては、主人の意志を代行する者にならざるを得なかったことをモリスンは指摘する。

上院本会議の採択で五十二対四十九という僅差で最高裁判事となったトーマスは、いわばクルーソーに命を救われたフライディなのである。

「フライディとクレランス＝トーマスは、命の恩人のお供をして、権力と救済の世界に足を踏み入れる」[*16]。しかし、恩人の言語を発するしかない生を定められた二人は、「自分たちの生来の文化に益すると認められるような、たった一つのセンテンスさえ発することが決してできないのだ[*17]」と、モリスンは言う。

「公の物語」という支配者

トーマスがくみした支配者の文化と言語は、シンプソン事件では「公の物語」を創造し流布する力を誇示する。その力がいかに人々を真実を見きわめることから遠ざけていくかを、モリスンは分析する。この事件もトーマス事件も当事者が黒人であることは、そのニュース性をいやがうえにも刺激的に強め、メディアの好餌になってスキャンダラスなスペクタクルの様相を呈したが、誰も憶測の域を越えて確かな真実を、これらの事件の決着で得ることはできなかった。この現象の中で明らかになるのは、誰もが人種の要素を抜きにした思考などできないという現実である。特に四百年の差別と偏見の中で育ってしまった白人が持つ黒人のステレオタイプ的なイメージは、黒人を一人の個人としてとらえ、客観的な真実を発見するという作業を不可能にしてしまう。その結果、いわばシンプソンは、一人の個人ではなく、処罰が必要な人種の代表として法廷に立ったのだ。恐るべきはこの「公の物語」が支配的文化の意志を人々に押しつけ、少数意見を沈黙させ、黒人種全体に対する敵意と反動的態度をつくりあげ、歴史を後もどりさせてしまうことなのだ。そして「それは大書きにされた国家、脅かすように間違いなく頭巾をかぶった国民の国家の誕生を意味するのだ[*18]」とモリスンは言う。

現代のグリオ

この評伝を筆者は、モリスンが寓話的に語った一人のグリオの姿から始めた。そのグリオは、掌中の小鳥の生死を当ててみよと挑んだ若者に、自分にわかるのは、小鳥があなたの手の中にいることだ、と応えている。言葉の命を掌中の小鳥の命に見たてたモリスンは、権力を持つ者の不遜と独善そして弱き者の怯懦《きょうだ》によってもたらされる言葉の死を、何よりも危惧する。その彼女が今日のアメリカで果たしているのは、不遜な若者たちの内に他者の世界を知ろうとする想像力を目覚まし、言葉の力を発見させた、あのグリオの役割である。彼女の創作活動も政治的発言も、人種社会アメリカで、真実に仕える言葉の命を守ろうとする情熱の発現であることに変わりはない。モリスンにとって、言葉の命は人間の命に等しい。

「最上の芸術は政治的なのです。あなたは芸術を疑問の余地なく政治的に、同時に改変の余地なく美しくする義務を持つのです」[*19]と語るモリスン。アメリカが真実の意味で多人種・多文化の民主国家に一歩でも近づくためにも、アメリカ黒人の文化と歴史の中から書き続け、発言し続けなければという彼女の使命感と情熱は、奴隷制と闘った彼女の祖母たちの中に燃え続けていたものでもある。

■VII章註

＊1 *Conversations,* 152.

＊2 Ibid., 152.

＊3 "Unspeakable Things Unspoken : The Afro-American Presence in American Literature," *Toni Morrison,* 212.

＊4 Ibid., 214.

＊5 Ibid., 215.

＊6 「アフリカニズム」とは、通常言語学や人類学の分野で、欧米の黒人の言語や文化に認められるアフリカ的要素・特質をさす用語であるが、この著でモリスンは、彼女独自の使い方をしている。

＊7 Toni Morrison, *Playing in the Dark : Whiteness and the Literary Imagination* (Cambridge : Havard University Press, 1992), 57.

＊8 Ibid., 5.

＊9 Ibid., 23.

＊10 "Unspeakable Things Unspoken : The Afro-American Presence in American Literature," *Toni Morrison,* 217.

＊11・12 *Convensations,* 124.

＊13 ブラック‐イングリッシュは、"Ebonics"あるいは"African American Vernacular English (AAVE)"とも呼ばれている。論争は、この英語が単なる一方言なのか、それとも一言語なのかということにあったが、もし

単なる一方言だとしたら、それを話す生徒がスタンダード‐イングリッシュを習得するために、外国語を話す学生の場合と同様の特別の教育的措置をとることが妥当かという問題をめぐって起きた。アメリカ言語学協会は、ブラック‐イングリッシュは、独自のシステムを持った言語で、文法破格の下品な方言ではなく、この言語は保全すべき価値があり、この言語を話す人々の利益は守られるべきものであるとの見解を発表している。

*14 ブッシュ大統領に最高裁判事の指名を受けたクレランス＝トーマスには、彼の法律家としての能力に疑いを持つ人々、彼の日和見主義言動や保守反動性に危惧を抱く人も多かったが、オクラホマ大学教授アニタ＝ヒル（黒人女性）が、かつて彼の部下であった頃セクシュアル‐ハラスメントを受けていたことが公になるにおよんで、問題は、政治・人種そしてジェンダーの要素を孕《はら》んで紛糾した。白人保守主義派の代弁者の役割を果たして地位を築いてきたトーマスが、公聴会では犠牲者としての黒人のポーズをとり、それを「ハイテク‐リンチング」と呼んだことは、多くの人々の不快と反発を惹起した。

*15 フットボール界のヒーローだったO＝J＝シンプソンは、彼の第二の妻だった白人女性ニコル＝ブラウン＝シンプソンと彼女の友人ロナルド＝ゴールドマンを殺害した疑いで逮捕され、裁判にかけられた。検察側の証拠が、人種偏見を持つ警察官のでっち上げだとする弁護側の追求が世界の耳目を集め、その法廷風景は「サーカス」と評された。一九九五年十月十日、無罪の判決が下ったが、辣腕ぞろいの弁護団を雇うことのできた被告の財力で勝ちとったという印象を強く残し、彼の有罪を信じ込んでいる側にも、無罪の可能性もあり得ると考える側にも、真実は見えないままに終わった事件である。

*16・17 "Introduction : Friday on the Potomac," *Racing Justice, Engendering Power : Essays on Anita Hill, Clarence Thomas, and the Construction of Reality,* edited and an Introduction by Toni Morrison (New

York : Pantheon Books, 1992). XXiX.

＊18 "The Official Story : Dead Man Glofing," *Birth of a Nation' hood : Gaze, Script and Spectacle in the O.J. Simpson Case* eds. Toni Morrison and Claudia Brodsky Lacour, introduction by Toni Morrison (New York : Pantheon Books, 1997), XXViii.　本書のタイトルは、ジェイムス＝ディクスンＪｒ．(James Dixon : 1864-1964) の南北戦争を背景にした小説 *Clansman* (1905) のＤ＝Ｗ＝グリフィス (D.W. Griffith : 1875-1945) による映画化"The Birth of a Nation"をもじっている。その次につけられた接尾語"hood"はＫ－Ｋ－Ｋの頭巾を意味する"hood"とかけてある。

＊19 "Rootedness : The Ancestor as Foundation", 345.

あとがき

「安全な夢など子供じみたものです」というモリスンの言葉に自分の甘さを指摘されて、横面をひっぱたかれたような思いになったことがある。これは、『タール・ベイビー』で結局はサンのもとを去ってパリに逃れていくジャディーンが、最小限学ばなければならない人生のリアリティとして、指摘されたものである。

モリスンと筆者。1990年、プリンストン大学のモリスンの研究室で。

モリスンは常に主人公たちを極限状態に追いこんで（それはしばしばアフリカ系アメリカ人の現実でもあるのだが）、その人間性を発見し、そのサバイバルを見届けようとする。「私の書くほとんどすべての作品には、愛とアイデンティティの探求がテーマとして流れている」という作家は、最大の愛と善意が大きな傷を生み、アイデンティティが泥水に落ちた雪片のように消える過酷な状況から、目をそらさない作家でもある。その中で彼女の登場人物が思わず洩らす、ときにはため息のような、ときには叫び声のような感嘆詞「マーシィ」は、神の恩寵を意味する言葉である。人間の哀しみと人間の偉大さの計りがたい深さを描くモリスンの強靱な優しさが、彼女が敬虔なカトリック教徒であることを思い出させる今日この頃である。

本書を脱稿した四カ月後（一九九八年一月）にモリスンの七作目『パラダイス』が出版され、賞讃も辛口の批判も含んだ大きな反響を呼んだ。確かなのは、モリスン文学の世界がまた新しい次元を見せたことである。『パラダイス』では、これまで追求されてきた愛のテーマは神の愛にまで発展し、作者の過去への眼差しは、十九世紀末に黒人だけのパラダイスを夢みた開拓者たちの歴史に向けられている。主人公たちは、白人の差別と迫害を逃れてオクラホマの荒野に黒人の町を建設した、何十万人ものアフリカ系アメリカ人の経験を甦らせる。遠くない未来にこの作品の分析を入れて、再びモリスン論を書きたいと願っている。

この本を完成させるために多くの方々のお世話になった。ともにモリスンや黒人音楽を語って私の思考を刺激して下さった北海道大学の井上和子教授、愛知県立大学の野沢公子助教授、年表作成を助けて下さった青山学院大学非常勤講師西本あづさ氏、資料調査を手伝って下さった大学院生の本村浩二氏、ワープロの清書をして下さった大学院生竹林亜美子氏、そしてなかなかお約束を果たせなかった私を辛抱強く待っていて下さった清水書院の清水幸雄氏と、レイアウトや校正で親身に面倒を見て下さった村山公章氏に、心からお礼を申し上げたい。

一九九八年七月　　ニューヨークにて

吉田廸子

アフリカ系アメリカ人の歴史におけるトニ＝モリスン年譜

西暦（年齢）	トニ＝モリスン関係	アフリカ系アメリカ人に関する主な文化・芸術活動	アフリカ系アメリカ人に関わる歴史一般	作品の設定
一六一九			オランダの奴隷船、ジェームズタウンに入港。女性三人を含む二十人のアフリカ人が、年期奉公人として売られる。	
一六四一			マサチューセッツで奴隷制度合法化。	
一六六一			ヴァージニアで奴隷制度合法化。	
一六七二			英国王チャールズ二世、ロイヤル＝アフリカン＝カンパニー設立により、奴隷貿易推進。	
一七六〇		ジュピター＝ハモン、アフ		

一七七三	一七七五	一七八〇
リカ人として最初の詩集をブロードサイド版で発表する。 フィリス＝ウィートリーの詩集。アフリカ人による最初の本をロンドンで出版。	フィラデルフィアのクエイカー教徒が、初の反奴隷制組織ペンシルヴァニア協会を設立。初代会長は、ベンジャミン＝フランクリン。 アメリカ独立戦争勃発。一説には、独立戦争中、逃亡した黒人奴隷の数は、少なくとも十万人、戦いに参加した者約一万人。	ペンシルヴァニア、マサチューセッツで、相次いで奴隷制度廃止。

一七八六		南カロライナとジョージアを除いて、新たな奴隷輸入の禁止。
一七八七	オラウダ＝エクィアノの自伝《ナラティヴ》。	北西部条例により、オハイオ河以北の合衆国領土での、奴隷制度禁止。
一七九一		仏領ハイチで奴隷蜂起。
一七九三		イーライ＝ホイットニーによる綿繰り機発明により、南部農園での奴隷労働力の需要増加。逃亡奴隷取締法。
一八〇三		ハイチに黒人共和国誕生。
一八〇七		ジェファソン大統領の下、新たな奴隷輸入禁止が議会を通過するが、事実上の効力は持たず。
一八一七		アメリカ植民協会結成。後に自由黒人をリベリアに入植させる計画を進めるが、

		失敗。
一八二〇		ミズーリ協定。
一八二四	黒人俳優として最初に国際的名声を得たアイラ＝アルドリッジ渡英。欧州で活躍。	
一八三一		ウィリアム＝ロイド＝ギャリソン、奴隷制即時廃止を主張し、『リベレーター』発刊。ヴァージニア州サザンプトンで、ナット＝ターナー反乱。
一八三三		ギャリソン、アメリカ反奴隷制協会を設立。
一八三八		フレデリック＝ダグラス、メアリーランドから北部への逃亡に成功。やがて、奴隷解放運動の指導者の一人となる。
一八四五	フレデリック＝ダグラス	

一八四七	自伝《ナラティヴ》の初版出版。	フレデリック＝ダグラス、『ノース‐スター』発刊。
一八四九		ハリエット＝タブマン、メアリーランドから北部へ逃亡。
一八五〇	オリーヴ＝ギルバートの聞き書きによるソジョナー＝トルースの自伝《ナラティヴ》出版。	一八五〇年の妥協の結果、逃亡奴隷取締法強化。
一八五一		ソジョナー＝トルース、オハイオ州アクロンでの女性権利会議で飛び入りのスピーチ「わたしは女じゃないのか」を行う。
一八五二	ハリエット＝ビーチャー＝ストウ『アンクル＝トムの小屋』を発表。	
一八五三	ウィリアム＝ウェルズ＝ブラウンの小説『クローテル	

←『ビラヴィド』→

	-大統領の娘』ロンドンで出版。	
一八五四	フランシス=ハーパー、詩集を出版。	カンザス-ネブラスカ法制定。奴隷制拡大に反対し、共和党結成。
一八五六		マーガレット=ガーナー、ケンタッキーからオハイオへ逃亡の末、捕獲人の手からわが子を守るため殺害。
一八五七		ドレッド=スコット事件。
一八五九	ハリエット=ウィルソン『私たちの黒人』。	ジョン=ブラウンのハーパーズ-フェリー襲撃。
一八六〇		リンカーン、大統領に就任。
一八六一	ハリエット=ジェイコブズ『奴隷女の人生の出来事』。	南北戦争勃発。
一八六二		ハリエット=タブマン、北軍に参加。
一八六三		奴隷解放宣言。
一八六五		南軍の降伏。約二十五万人

←『ビラヴィド』→

			の黒人が北軍側で戦ったと言われる。奴隷制度廃止を定めた憲法修正第一三条（黒人の自由承認）。リンカーン暗殺。
一八六六	この頃（一八六五～七七の再建期）に、先住民だった母方の曾祖母の家族は、政府からアラバマで八十八エーカーの土地を与えられる。		ハワード、フィスク等の黒人大学創設。クー－クラックス－クラン等の白人至上主義団体が、南部で活動開始。
一八六八			憲法修正第一四条（黒人の市民権承認）。
一八六九		サラ＝ブラッドフォードによるハリエット＝タブマンの伝記出版。	
一八七〇			憲法修正第一五条（黒人の選挙権承認）。南部諸州で黒人政治家誕生。
一八七七			南部から連邦の占領軍撤退。

『ジャズ』

←――――『ビラヴィド』――――→

『パラダイス』――――→

一八八一		ブッカー＝T＝ワシントン、タスキーギ学校設立。
一八九二	フランシス＝ハーパー『アイオラ－リロイ』。	アイダ＝ウェルズ、人種差別主義とリンチに反対する活動を本格的に開始。
一八九五		ブッカー＝T＝ワシントン、アトランタ博覧会で有名な妥協の演説を行う。
一八九六		「分離すれども平等」としたプレッシー判決により、ジム－クロウ法が容認される。メアリ＝テレルら、全国黒人女性協会（NACW）結成。
一八九九	チャールズ＝チェスナット『魔法使いの女』。	
一九〇〇	ブッカー＝T＝ワシントン『奴隷より身を起こして』。	
一九〇三	W＝E＝B＝デュ＝ボイス	

←『ジャズ』→

←『パラダイス』→

一九〇五		『黒人の魂』。	デュ＝ボイスらナイアガラ運動開始。
一九〇九			全国黒人地位向上協会（NAACP）創設。
一九一〇		デュ＝ボイスら『クライシス』紙発刊。	この頃より一九三〇年頃までに、南部の黒人人口が北部へ大移住。
一九一一			マーカス＝ガーヴェイ、国際黒人地位改善協会結成。富裕な白人女性ボールドウィン夫人のもとで都市同盟の前身「都市黒人の状況に関する全国同盟」誕生。
一九一二	母方の祖父母、七人の子供を連れ、アラバマからケンタッキーへ移住。その数年後、さらにオハイオ州ロレインへ移る。	ジェームズ＝ウェルデン＝ジョンソン『元黒人の自伝』。W＝C＝ハンディにより、「メンフィス－ブルース」が初めて譜面の形で発表さ	

←――『ジャズ』――→

←――『パラダイス』――→

	れる。	
一九一七		イリノイ州イースト‐セントルイスで人種暴動。それに抗議し、ニューヨークで沈黙の行進。第一次世界大戦に約三十万人の黒人が参戦。
一九一九		シカゴで大規模な人種暴動をきっかけに各地で暴動が続発。後に「レッド‐サマー」と呼ばれる。
一九二一	ハーレム‐ルネッサンス始まる。	ジョージアナ＝シンプソン、サディ＝タナー＝モーゼル＝アレクサンダー、エヴァ＝ダイクス、黒人女性として初めて博士号取得。
一九二三	全国都市連盟、『機会』発刊。〝ブルースの女帝〟べ	

←――『ジャズ』――→
←――『スーラ』――→
←――『パラダイス』――→

	ツシイ＝スミスのレコード「落胆のブルース」大ヒット。〝ブルースの母〟マア＝レイニー、初のレコーディング。ジーン＝トゥーマー『さとうきび』。
一九二四	ポール＝ロブソン、銀幕デビュー。
一九二五	この頃ニューヨークでハーレム‐ルネッサンス全盛。カウンティ＝カレン『カラー』。
一九二六	ラングストン＝ヒューズ、ゾラ＝ニール＝ハーストンら、前衛文芸雑誌『火』を発刊。
一九二七	ベッシイ＝スミス、人気の全盛。トマス＝ドーシィ、中西部、南部を回り、ゴス

←『ジャズ』→
←『スーラ』→
←『パラダイス』→

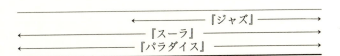

一九二八		ペルを広める。 ネラ＝ラーセン『流砂』。	
一九二九		ネラ＝ラーセン『パッシング』。	世界大恐慌始まる。
一九三一（0歳）	二月八日オハイオ州ロレインで、ジョージ＝ウィリィス＝ウォーフォードと妻ラーマの第二子として、クロイ＝アンソニイ誕生。	アナ＝ボンタム『神からの日曜日』。	スコッツ＝ボロー事件発生。翌年にかけ、ワシントン飢餓大行進。
一九三二		スターリング＝ブラウン『南部の道』。ウォーレス＝サーマン『春の子供たち』。 ハーレム＝ルネッサンス終わる。	この頃から一九四〇年頃まで、第二波の南部の黒人人口北部大都市への流出。アラバマ州タスキーギの病院で、米厚生省、この後四十年間に渡り黒人の梅毒患者を研究に利用。
一九三三			ニューディール政策開始。
一九三四			エライジャ＝ムハマッド、黒人回教団（ブラック－モ

←『ソロモンの歌』→
←『スーラ』→
←『パラダイス』→

一九三五	ゾラ＝ニール＝ハーストン『ラバと人間』。	スリム）の指導者となる。
一九三六	ゾラ＝ニール＝ハーストン『彼らの眼は神を視つめていた』。アナ＝ボンタム『黒い雷』。	
一九三九		第二次世界大戦勃発。
一九四〇	ラングストン＝ヒューズ自伝『大きな海』。リチャード＝ライト『アメリカの息子』。抗議文学の全盛。	
一九四一		太平洋戦争が始まる。フランクリン＝ルーズヴェルト大統領、特に軍需産業における、人種・宗教による雇用差別を禁ずる特別命令。
一九四二	マーガレット＝ウォーカー	

←『ソロモンの歌』→

←『スーラ』→

←『一番青い眼』→←『パラダイス』→

一九四三		『わたしの民族のために』。ゾラ＝ニール＝ハーストン自伝。	デトロイト他で人種暴動。
一九四五		リチャード＝ライト自伝的小説『ブラック－ボーイ』。	
一九四六		アン＝ペトリー『街』。	
一九四九	ワシントンのハワード大学へ進学。		
一九五〇 (18歳)		グエンドリン＝ブルックス『アニー＝アレン』(黒人女性で初のピューリッツァ賞受賞)。	
一九五二		ラルフ＝エリスン『見えない人間』。	マルカム＝リトル、黒人回教団（ネーション－オブ－イスラム）に入りマルカムXとなる。
一九五三	ハワード大学卒業。コーネ	ジェームズ＝ボールドウィ	

←――『ソロモンの歌』――→
←――『スーラ』――→
←――『パラダイス』――→

一九五四 （22歳）	ル大学大学院進学。	ン『山にのぼりて告げよ』。	最高裁、ブラウン判決により、公立学校における人種隔離を違憲とする。
一九五五 （24歳）	コーネル大学より修士号取得。修士論文は「ウィリアム＝フォークナーとヴァージニア＝ウルフにおける孤立した人物の扱い」。テキサス州ヒューストンのテキサス－サザン大学で教鞭をとる。		ミシシッピィ州で十四歳のエメット＝ティル少年のリンチ事件。ローザ＝パークスの逮捕をきっかけに、無名だったキング牧師の指揮の下、アラバマ州モンゴメリーで、この後約一年にわたり、バスボイコット運動が展開される。
一九五六			アラバマ大学で白人と黒人の共学を巡るルーシー事件。最高裁、交通機関における人種差別は違憲とする判決を下す。これにより、キングらのボイコット運動、勝

←――『ソロモンの歌』――→

←――『スーラ』――→

←――『パラダイス』――→

年	年齢	事項	文学	社会
一九五七	(26歳)	ハワード大学講師となる。		利をおさめる。キング牧師を中心に南部キリスト教指導者会議結成。共学を巡り、アーカンソー州リトルロックのセントラル-ハイスクール事件。学校における人種融合を求めるワシントン-デモ。
一九五八	(27歳)	ジャマイカ人建築家のハロルド=モリスンと結婚。		
一九五九			ポール=マーシャル『ブラウンストーンの褐色の少女』。	
一九六〇				ケネディ政権誕生。全米学生非暴力調整委員会（SNCC）結成。
一九六一	(30歳)	長男ハロルド=フォード誕生。		州間交通での人種差別撤廃を求めるフリーダム-ライダーズ実施。
一九六三			ジェームズ=ボールドウィ	NAACPミシシッピィ支

←――『ソロモンの歌』――→

←――『スーラ』――→

←――『パラダイス』――→

		ン『次は火だ』。ルロイ＝ジョーンズ『ブルース－ピープル』。	部長メドガー＝エヴァーズ暗殺。ワシントン大行進に二十五万人参加。キング牧師「私には夢がある」のスピーチ。アラバマ州バーミングハムの黒人教会爆破事件で四人の少女が犠牲。ケネディ暗殺。
一九六四（33歳）	次男スレイド＝ケヴィン誕生。一家で欧州旅行の後、離婚。二人の息子をつれ、故郷ロレインへ戻る。		マルカムX、黒人回教団（ネーション－オブ－イスラム）を脱退し、アフリカ系アメリカ人統一機構結成。ミシシッピ夏期計画に参加した白人二人、黒人一人の公民権運動家殺害。キング牧師、ノーベル平和賞受賞。
一九六五（34歳）	ニューヨーク州に移り、ランダムハウスの子会社に職を得る。	アレックス＝ヘイリーの聞き書きによる『マルカムX自伝』。	選挙権登録を巡りアラバマ州セルマの闘争始まる。マルカムX暗殺。ジョンソン

『ソロモンの歌』

←『スーラ』→

←『パラダイス』→

一九六六		マーガレット＝ウォーカー『ジュビリー』。	政権下で、公民権法成立。ロサンゼルスのワッツ地区で大暴動。ストークリー＝カーマイケル、SNCC委員長に就任。ブラックパンサー党結成。カーマイケル、「ブラック・パワー」提唱。
一九六七			キング牧師、ベトナム反戦表明。ニュージャージー州ニューアーク、ミシガン州デトロイト、イリノイ州シカゴ等各地で人種暴動続発。
一九六八（37歳）	ランダムハウス社のシニア編集者となる。	エルドリッジ＝クリーヴァー『氷上の魂』。	キング牧師暗殺。全米一二六の都市で暴動。シャーリー＝チズム、黒人女性として初めて、連邦議会に議席を獲得。黒人女性の公職への進出が進む。

←『パラダイス』→

一九六九			アール＝ウォーレン最高裁長官の下で、一九五三年よりこの頃までに、アファーマティヴ＝アクション法案・公正住宅法等が支持される。
一九七〇（39歳）	『一番青い眼』出版。	マヤ＝アンジェロウ自伝。アリス＝ウォーカー、処女長編『グレンジ＝コープランドの第三の人生』。	アンジェラ＝デイヴィス、ニューヨークで逮捕。
一九七一（40歳）	ニューヨーク州立大学助教授（～七二年）。		
一九七二			ニクソン大統領、学校における人種統合を目的とした強制バス通学に反対する立場を特別教書の中で強調。
一九七三（42歳）	『スーラ』出版。	アリス＝ウォーカー『愛と苦悩の果て』。	
一九七四	編集に携わった『ザ＝ブラ		フォード大統領、強制バス

←『パラダイス』→

（43歳）	ック‐ブック』出版。		通学反対を表明。
一九七五（44歳）	『スーラ』によりオホアナ文学賞受賞。また、全米図書賞候補にあがる。	ゲイル＝ジョーンズ『コレギィドーラ』。	
一九七六（45歳）	イェール大学客員教授（〜七七年）。	アリス＝ウォーカー『メリディアン』。ヌトザケ＝シャンゲ『死ぬことを考えた黒い女たちのために』ブロードウェイ上演。	カーター、黒人票の約九〇％以上を獲得し、大統領就任。
一九七七（46歳）	『ソロモンの歌』出版。全米批評家賞およびアメリカ芸術院賞。	アレックス＝ヘイリー『ルーツ』ピューリッツァ賞特別賞。	黒人女性歴史家協会設立。
一九七八			カリフォルニア大学理事会対バッキー訴訟において、大学等の入学の際、人種を考慮することが支持されるが、入学者の人数割当制度は否定。
一九八〇		トニ＝ケイド＝バンバーラ	カーター政権、強制バス通

←――『タール‐ベイビー』――→

		『塩を食う者たち』。	学支持。
一九八一 （50歳）	『タール・ベイビー』出版。アメリカ学士院会員に選出。	アーネスト＝ゲインズ『ミス＝ジェイン＝ピットマンの自伝』。	
一九八二		グロリア＝ネイラー『ブリュースター・プレースの女たち』。	
一九八三		アリス＝ウォーカー『カラー・パープル』全米図書賞およびピューリッツァ賞。	
一九八四 （53歳）	ニューヨーク州立大学オールバニー校のシュヴァイツァー人文科学教授（〜八九年）。ランダムハウス退社。	民放のテレビ番組「コズビー・ショー」開始。白人によるステレオタイプな黒人像を打破することに貢献。	
一九八五		オーガスト＝ウイルソン『マア＝レイニィのブラックボトム』ニューヨーク演劇批評会賞。	
一九八六	脚本『夢見るエメット』の	シャーリー＝アン＝ウィリ	故キング牧師の誕生日が国

（55歳）	上演。ニューヨーク州知事賞受賞。バード大学客員教授（〜八八年）。	アムズ『デッサ‐ローズ』。	民の祝日となる。
一九八七（56歳）	『ビラヴィド』出版。	オーガスト＝ウイルソン『垣根』ピューリッツァ賞（劇）。リタ＝ダァヴ『トーマスとベウラ』ピューリッツァ賞（詩）。グロリア＝ネイラー『ママデイ』。	
一九八八（57歳）	『ビラヴィド』が全米図書賞および全米図書批評家賞の選にもれたことに抗議し、四十八名の黒人作家・批評家が署名をニューヨーク‐タイムズ誌に送付。その後、『ビラヴィド』は、ピューリッツァ賞、ロバート＝ケネディ賞、メルチャー賞、ビフォア＝コロンブス賞、		

一九八九（58歳）	エリザベス＝ケイディ＝スタントン賞の各賞を受賞。ミシガン大学において「口に出されたことのない、口に出すことのできないもの――アメリカ文学におけるアフロ－アメリカン的存在」と題する講演。プリンストン大学ロバート－F－ゴヒーン人文科学教授（～現在）。MLA学会文学賞受賞。ハーヴァード大学より名誉学位の授与。	アリス＝ウォーカー『わが親しきものの神殿』。チャールス＝ジョンソン『ミドル－パーセージ』全米図書賞。	
一九九〇（59歳）	キャンティ＝ルフィーノ＝アンティコ＝ファットーレ国際文学賞受賞。		
一九九一			クレランス＝トマス、元部下のアニタ＝ヒルにセクシャル－ハラスメントで訴え

			られる。公聴会の末、上院本会議にて、僅差で最高裁判事に指名。公民権の解釈を後退させる動きを阻止すべく、新公民権法成立。
一九九二（61歳）	『ジャズ』出版。一九九〇年のハーヴァード大学での講義をもとにした『闇の中のゲーム——白さと文学的想像力』および編集に携わった『人種による正義、性差を生む権力——アニタ＝ヒルとクレランス＝トマス、そして社会的現実の構造に関する小論集』の出版。	スパイク＝リー監督の映画『マルカムX』封切り。アリス＝ウォーカー『母たちの庭をさがして』、『喜びの秘密』。グロリア＝ネイラー『ベイリィーのカフェ』。	一九九一年、交通違反の容疑で尋問する際、ロス警察がロドニー＝キングに暴行を加えた事件を発端に、ロサンゼルスのサウスセントラル地区でアジア系・ヒスパニック系住民も巻き込んだ大規模な暴動。
一九九三（62歳）	ノーベル文学賞受賞。		クリントンの大統領就任式で、マヤ＝アンジェロウ、自作の詩を朗読。
一九九四		リタ＝ダァヴ、桂冠詩人に	元フットボール選手O＝J

		指名。	＝シンプソン、白人の元妻とその男友達を殺害の容疑で逮捕。国民注目の中、一九九五年に無罪判決。
一九九五		リタ＝ダァヴ『母の愛』。	ネーション‐オブ‐イスラムのリーダー、ルイス＝ファラカンの提唱により、ワシントンで黒人男性四十万人の集会。
一九九六（65歳）	アメリカ文学における優れた貢献に贈られる全国図書協会賞受賞。		カリフォルニア州オークランドの教育委員会、公立学校での黒人英語の使用提言。
一九九七（66歳）	編集した『国家頭巾の誕生——O＝J＝シンプソン裁判における注目、筋書き、そして壮観なる見せ物』の出版。	ネル＝アーヴィン＝ペインター『ソジョナー＝トルース』	クリントン大統領、一九三〇〜七〇年代アラバマ州タスキーギで黒人梅毒患者を研究に利用したことに関し、謝罪。また、CNNテレビとの会見で、奴隷制度とその後の人種隔離制度につい

一九九八（67歳）	『パラダイス』出版。	アンジェラ＝デイヴィス『ブルースの遺産とブラックフェミニズム』。グロリア＝ネイラー『ブリュースター－プレースの男たち』。	て、政府が黒人市民に謝罪を検討する姿勢を示唆。	

西本あづさ作成

参考文献

●トニ＝モリスン著による単行本

The Bluest Eye (New York : Holt, Rinehart and Winston, 1970).

Sula (New York : Alfred A. Knopf, 1973).

Song of Solomon (New York : Alfred A. Knopf, 1977).

Tar Baby (New York : Alfred A. Knopf, 1981).

Beloved (New York : Alfred A. Knopf, 1987).

Playing in the Dark (Cambridge : Harvard University Press, 1992).

Jazz (New York : Alfred A. Knopf, 1992).

The Nobel Lecture in Literature, 1993 (New York : Alfred A. Knopf, 1995).

Paradise (New york : Alfred A. Knopf, 1998)

●トニ＝モリスンについての研究書

Majorie Pryse and Horten J. Spillers (eds.), *Conjuring : Black Women, Fiction, and Literary Tradition* (Bloomington : Indiana University Press, 1985).

Karla F. C. Holloway and Stephanie A. Demetrakopoulos, *New Dimensions of Spirituality: A Biracial and Bicultural Reading of the Novels of Toni Morrison* (Greenwood Press, 1987).

Valerie Smith, *Self-Discovery and Authority in Afro-American Narrative* (Cambridge, Mass., Harvard University Press, 1987).

Susan Willis, *Specifying: Black Women Writing the American Experience* (University of Wisconsin Press, 1987).

Nellie McKay (ed.), *Critical Essays on Toni Morrison* (G.K. Hall & Co., 1988).

Eleanor Branoh, *Toni Morrison's Beloved: A Critical Commentary* (Simon & Schuster Inc., 1988).

Terry Otten, *The Crime of Innocence in the Fiction of Toni Morrison* (University of Missouri Press, 1989).

Michael Awkward, *Inspiriting Influences: Tradition, Revision, and Afro-American Women's Novels* (Columbia University Press, 1989).

Eliott Butler-Evans, *Race, Gender, and Desire: Narrative Strategies in the Fiction of Toni Cade Bambara, Toni Morrison, and Alice Walker* (Temple University Press, 1989).

Harold Bloom, *Toni Morrison* (Chelsea House, 1990).

Wilfred D. Samuels and Clenora Hudson-Weems, *Toni Morrison* (Boston: Twayne Publishers, 1990).

Marilyn Sanders Mobley, *Folk Roots and Mythic Wings in Sarah Orne Jewett and Toni Morrison: Cultural Function of Narrative* (Louisiana State University Press, 1991).

Barbara Hill Rigney, *The Voices of Toni Morrison* (Ohio State University Press 1991).

Dreatha Drummond Mbalia, *Toni monnison's Developing Class Consciousness* (Susquehanna University Press, 1991).

Trudier Harris, *Fiction and Folklore : The Novels of Toni Morrison* (University of Tennessee Press, 1991).

Mellisa Walker, *Down from the Mountain Top : Black Women's Novels in the Wake of Civil Rights Movement, 1966-1989* (Yale University Press, 1991).

Denise Heinze, *The Dilemma of "Double-Consciousness" : Toni Morrison's Novels* (University of Georgia Press, 1993).

Nancy J. Peterson (ed.), T*oni Morrison Double Issue, Modern Fiction Studies,* vol. 39, nos. 3 & 4.

Henry Louise Gates Jr. and K. A. Appiah (eds.) *Toni Morrison : Critical Perspective Past and Present* (New york : Amistad, 1993).

Carole Boyce Davies, *Black Women, Writing and Identity : Migrations of the Subject* (Routledge, 1994).

Wendy Harding and Jacky Martin, *A World of Difference : An Inter-Cultural Study of Toni Morrison's Novels* (Greenwood Press, 1994).

Madhu Dubey, *Black Women Novelists & the Nationalist Aesthetic* (Indiana University Press, 1994).

Dolan Hubbard, *The Sermon and the African American Literary Imagination* (University of Missouri Press, 1994).

Carl Plasa and Betty J. Ring, *The Discourse of Slavery : Aphra Behn to Toni Morrison* (London and New York : Routldge, 1994).

Philip Page, *Dangerous Freedom : Fusion and Fragmentation in Toni Morrison's Novels* (University Press of Mississippi, 1995).

Jan Furman, *Toni Morrison's Fiction* (University of South Carolina Press, 1996).

Philip M. Weistein, *What Else But Love : The Ordeal of Race in Faulkner and Morrison* (New York : Columbia University Press, 1996).

Carol A. Kolmerten, Stephen M. Ross, and Judith Bryant Wittenberg (eds.), *Unflinching Gaze : Morrison and Faulkner Re-envisioned* (University Press of Mississippi, 1997).

David L. Middleton (ed.), *Toni Morrison'Fiction : Contemporary Criticism* (New York : Garland Publishing, Inc., 1997).

Nancy J. Peterson (ed.), *Toni Morrison : Critical and Theoretical Approaches* (johns Hopkins University Press 1997).

Linden Peach (ed.), *Toni Morrison* (New York : St Mantin's Press).

●日本語による参考文献／トニ＝モリスンの作品

『青い眼がほしい』大社淑子訳、朝日新聞社、一九八一年。のち早川書房、トニ・モリスン　コレクション、一九九四年

『スーラ』大社淑子訳、早川書房、トニ・モリスン　コレクション、一九九五年（一九七九年、同社刊『鳥をつれてきた女』を改題）

『ソロモンの歌』金田真澄訳、早川書房、一九八〇年。のちトニ・モリスン　コレクション、一九九四年

『タール・ベイビー』藤本和子訳、早川書房、トニ・モリスン　コレクション、一九九五年（一九八五年、朝日新聞社刊『誘惑者たちの島』を改題）
『ビラヴィド（愛されし者）』上・下、吉田廸子訳、集英社、一九九〇年
『ジャズ』大社淑子訳、早川書房、一九九四年
『白さと想像力――アメリカ文学の黒人像』大社淑子訳、朝日新聞社、一九九四年

●トニ＝モリスンの研究書

加藤恒彦『アメリカ黒人女性作家論――アリス・ウォーカー、トニ・モリスン、グロリア・ネイラー』お茶の水書房、一九九一年
斉藤忠利『主流に逆らって―白いアメリカの黒い文学』近代文芸社、一九九三年
藤平育子『カーニヴァル色のパッチワーク・キルト―トニ・モリスンの文学』學藝書林、一九九六年
大社淑子『創造と解放の文学―トニ・モリスン』平凡社、一九九六年
マイケル＝オークワード『アメリカ黒人女性小説―呼応する魂』木内徹訳、彩流社、一九九三年
クロウディア・テイト編『黒人として女として作家として』高橋茅香子訳、晶文社、一九八六年

●その他

ゾラ・ニール・ハーストン「騾馬とひと」(抄訳)『語りつぐ』所収、中村輝子訳、朝日新聞社、一九八二年
アリス・ウォーカー『メリディアン』高橋茅香子訳、朝日新聞社、一九八二年
アリス・ウォーカー『カラー・パープル』柳沢由美子訳、集英社文庫、一九八六年

アリス・ウォーカー『母の庭を捜して』荒このみ訳、東京書籍、一九九二年
河地和子編著『わたしたちのアリス・ウォーカー』お茶の水書房、一九九〇年
フレデリック・ダグラス『数奇なる奴隷の半生』岡田誠一訳、法政大学出版局、一九九三年
ポーラ・ギディングス『アメリカの黒人解放史』河地和子訳、時事通信社、一九八九年
W・E・B・デュ・ボイス『黒人の魂』木島始、鮫島重敏、黄寅秀訳、岩波文庫、一九九二年
フレデリック・ダグラス『ある黒人奴隷の半生』筑摩書房、一九六三年
ビリー・ホリディ『奇妙な果実―ビリー・ホリディ自伝』油井正一・大橋巨泉訳、晶文社、一九七一年

さくいん

【人名】

【事項】

【作品】

写真提供
PPS／毎日新聞社／共同通信社／UPI・サン・毎日／ロイター・サン・毎日／Charles L. Blockson, Temple University／The Metropolitan Museum of Art／Harvard University Press／Yale University Library, Bruce Kellner

トニ＝モリスン■人と思想159　　　定価はカバーに表示

1999年１月15日　第１刷発行©
2016年４月25日　新装版第１刷発行©

・著　者 ……………………………… 吉田《よしだ》　廸子《みちこ》
・発行者 ……………………………… 渡部　哲治
・印刷所 ……………………………… 広研印刷株式会社
・発行所 ……………………………… 株式会社　清水書院

〒102-0072　東京都千代田区飯田橋3-11-6
Tel・03(5213)7151～7
振替口座・00130-3-5283
http://www.shimizushoin.co.jp

検印省略
落丁本・乱丁本は
おとりかえします。

CenturyBooks

Printed in Japan
ISBN978-4-389-42159-5

CenturyBooks

清水書院の〝センチュリーブックス〟発刊のことば

近年の科学技術の発達は、まことに目覚ましいものがあります。月世界への旅行も、近い将来のこととして、夢ではなくなりました。しかし、一方、人間性は疎外され、文化も、商品化されようとしていることも、否定できません。

いま、人間性の回復をはかり、先人の遺した偉大な文化を継承して、高貴な精神の城を守り、明日への創造に資することは、今世紀に生きる私たちの、重大な責務であると信じます。

私たちがここに、「センチュリーブックス」を刊行いたしますのは、人間形成期にある学生・生徒の諸君、職場にある若い世代に精神の糧を提供し、この責任の一端を果たしたいためであります。

ここに読者諸氏の豊かな人間性を讃えつつご愛読を願います。

一九六七年

SHIMIZU SHOIN